분홍달

내털리 로이드 지음 | 이은숙 옮김

Seedbook 씨드북

분홍달

내털리 로이드 지음 | 이은숙 옮김

Seedbook 씨드북

차례

1장
몰리 램블

더스트플라이트는 다운 빌로우 탄광에서 폭발을 감지하도록 훈련받은 노랗고 작은 새다.

허니서클이 우리 아빠의 더스트플라이트다. 콜탑의 광부들은 모두 더스트플라이트라는 새를 받는다. 어렸을 때 나는 탄광으로 가는 아빠에게 허니서클이 있어서 참 다행이라고 생각했다. 허니서클은 아빠의 어깨 위에서 햇살처럼 빛나며 외로울 때 노래를 속삭이고, 위험을 미리 알려줄 수 있었다. 아빠가 다운 빌로우에 안 간 지는 1년이 넘었지만, 허니서클은 아직도 아빠 옆에 꼭 붙어 있다가 탄광에서 작업 종료를 알리는 호루라기 소리가 나면, 나를 찾아 바람 계곡으로 내려온다.

"서두를게."

허니서클의 경쾌한 노래를 들으면 텀브럴네 집의 바닥 닦는 일에 속도를 올리게 된다.

광부들이 다운 빌로우에 더스트플라이트를 데리고 가는 이유는 위험을 감지해 주기 때문이기도 하지만, 이 사랑스러운 존재가 있으면 일을 더 빨리 하게 되기 때문이기도 하다. 나는 더스트플라이트가 어린 아이들을 탄광으로 내려 보내기 위한 수호자들의 전략이라고 생각한다. 칙칙한 먼지 색의 마을에서 이 눈부신 노란 새를 매일 집으로 데려갈 수 있다는데, 그걸 마다할 아이들은 없을 테니까 말이다.

뻣뻣해진 목을 쭉 늘이자 목에서 우두둑 소리가 났다. 차가운 걸레를 꽉 쥐고 있던 왼쪽 손가락을 천천히 폈다. 하나씩 하나씩. 결국 내 손은 그렇게, 늘 걸레를 쥐어짜는 것처럼 휘어지고 구부러진 채로 굳어 버릴 것이다. 산사람들은 그것을 늙은 하녀의 굽은 손이라고 부른다.

허니서클이 부리로 창을 가볍게 두드렸다. 오물 더미에서 빠져나와 산으로 가야 할 시간이라고 알려 주는 것이다. 내가 사는 산으로 가는 기차를 놓치면 산꼭대기까지 걸어가야 한다. 한 번 그런 적이 있었는데 다시는 경험하고 싶지 않다. 나는 밤에 숲을 돌아다닌다는 괴수 이야기를 듣고 자랐다. 집에서 멀리 가지 못하게 하려고 부모님들이 모두 지어낸 이야기라고 생각했지만 이제는 그렇지 않다는 걸 안다. 어쩔 때는 괴수들이 산다는 숲을 가로질러 가는 것이 계곡 사람들 주위에 있는 것보다 더 나쁜 게 맞나 싶긴 하다. 바닥을 청소하고, 변기를 문질러 닦고, 파우더 케이크를 완벽하게, 아주 완벽하게 만들기를 바라는 이 오만한 사람들도 괴수처럼 끔찍하긴 마찬가지이기 때문이다. 나는 일어서서 구정물이 가득 담긴 양동이를 오른팔로 감아서 넘어지지 않게 잡고, 새로 광을 낸 바닥에 엎지르지 않도록 낑낑대며 끌고 갔다. 내 오른팔은 팔꿈치 밑으로는 아무것도 없지만, 한 손으로 일을 하는 데 어려움은 없다. 솔직히 가끔은 움켜잡을 수 있는 두 손이 있으면 좋겠다고 생각한다. 특히 잘 안 열리는 창문을 열 때, 머리를 빨리 땋고 싶을 때, 이 구정물 양동이를 운반할 때 말이다. 하지만 별 상관은 없다. 나는 이렇게 태어났고, 이제는 익숙하다. 게다가 나는 일을 빨리 하는 사람이다.

팝스냅이 잘 고정되어 있는지 확인했다. 팝스냅은 가짜 손이 달린 가짜 팔로, 일할 때는 늘 오른쪽 팔꿈치에 붙여 놓는다.

현관문이 열리는 소리가 나서, 나는 재빨리 뒤로 돌았다. 오늘은 임금을 받는 날이고, 나는 내가 번 돈을 내 가족, 엄마, 아빠, 그리고 남동생 덴버에게 주는 일이 그 무엇보다 자랑스럽다. 어느 때보다 오늘은 그 돈이 꼭 필요하다. 집에 돈이 떨어져 가는 정도가 아니라 아예 바닥이 났기 때문이다.

현관문이 쾅 닫히고 산동네 닭처럼 사나운 네 명의 아이들이 소리를 지르며 내가 막 걸레질한 바닥을 가로질러 달려왔다. 나는 앞으로 비틀거리며 '그만해!' 라고 소리를 지를 뻔했다. 하지만 그 말들을 속으로 삼켰다. "얌전하게 굴어. 계곡 동네에서는 얌전하게." 엄마는 항상 이렇게 말했다. 아랫동네에서 화내지 말라고 엄마가 에둘러 하는 말이었다. 따지지 말고, 대들지 말라고. 그리고 나는 지금, 내가 우리 가족의 유일한 수입원이라는 것을 잘 알고 있다. 이 일자리를 지켜야 한다. 그래서 나는 앞치마를 움켜잡고 그 야단법석을 지켜보았다. 텀브럴 아이들은 붉은 진흙 덩이와 풀 뭉치를 매달고 내가 닦아 놓은 바닥 위를 쿵쾅거리며 온통 밟고 다녔다. 텀브럴 부인이 자기 자식들이 만들어 놓은 질척거리는 더러운 길을 피하느라 자신의 벨벳 치마를 잡아서 들었다. 텀브럴 부인이 엉망이 된 바닥을 보고 얼굴을 찡그리고는 내 오른쪽 팔꿈치, 팝스냅을 쳐다봤다.

"걱정이네, 일을 해낼 수 있겠니, 몰리?"

부인이 걱정하는 척 한숨을 내쉬었다.

"다른 산동네 아이를 찾는 게 너나 우리한테나 낫지 않겠니? 너도 다른 일이 더 잘 맞을 수도 있고 말이야."

"아니에요! 잘할 수 있어요."

순하고 고분고분하게 들리도록 노력했다. 엄마가 말한 대로, 얌전하게. 하지만 나는 얌전한 사람이 아니다. 나는 길들여지지 않았고 용감하다. 유리병 안의 불쏘시개다. 어떤 날엔 가슴속에서 걷잡을 수 없는 불길이 인다.

"내 말 오해 마라, 얘. 너는…… 영감을 주는 존재야!"

혀를 너무 꽉 깨물어서 잘려 나가는 건 아닐까 싶었다. 텀브럴 부인이 나에 대해서 아는 건 딱 두 가지다. 내 이름이 몰리 램블이라는 것과 오른팔이 있어야 할 자리에 팝스냅이 있다는 것. 둘 중 어느 것도 나를 영감을 주는 존재로 만들어 주지 않는다. 내 팔이 자기와 다르니까 그냥 그렇게 말하는 거다. 나를 동정하는 거다. 동정을 받는 건 모욕당하는 기분이 든다. 참을 새도 없이 그만 이런 말이 튀어나와 버렸다.

"아드님들이 안 그랬으면……."

"뭘 안 그래?"

텀브럴 부인의 새까만 눈썹이 쓱 올라갔다. 나는 꼴깍 침을 삼켰다. 하고 싶은 말은 가슴속 깊이 꾹꾹 눌러 두고 말했다.

"제가 막 바닥을 닦아 놨다는 걸 몰랐나 봐요. 진흙을 여기저기 잔뜩 묻혀 놨어요!"

"흠."

텀브럴 부인이 생각에 잠겨서 나를 삐딱하게 쳐다봤다. 그러고는 느릿느릿 걸어서 바싹 다가와 긴 코 아래로 나를 내려다보고 말했다.

"계속 쓰도록 하마, 몰리. 나는 마음이 넓으니까. 그런데 충고 하나 하지. 그렇게 기고만장해서는 다른 일자리도 찾기 어려울 거다. 넌 그러잖아도 불리한 조건이잖니."

텀브럴 부인이 또 내 오른팔을 흘깃 보며 헛기침을 했다. 텀브럴 부인은 항상 내 팝스냅을 대놓고 쳐다본다. 가끔씩 나는 팝스냅을 빼서 실컷 보라고 부인에게 던져 주는 상상을 한다.

"아, 여기. 일한 값이다."

부인이 내 손바닥에 2페더스워스를 떨어뜨렸다.

겨우 이틀 치의 품삯이다. 일주일 치가 아니라.

"텀브럴 부인, 버릇없게 굴려는 건 아닌데요. 금액이 안 맞는 것 같아요. 제가 받아야 할 돈은……."

"얼마를 줄지는 내가 결정해. 다음부터는 화내기 전에 그걸 기억하도록 하렴. 그리고 뭐, 지금은 다들 어려운 때니까."

텀브럴 부인이 눈을 재빠르게 깜박였다. 속눈썹이 거짓말하는 눈 위에서 팔락거리는 까만 박쥐 같았다. 부인이 매일 벨벳 가방 가득 물건을 들고 들어오고, 늘 새 드레스를 입는 걸 내가 다 봤다. 그러니까 돈이 없는 게 아니다. 다만 내게 주고 싶지 않은 거다.

하지만 "네, 부인."이라는 말이 내 입에서 흘러나왔다.

"이거 다 끝내 놓고 가."

텀브럴 부인이 바닥을 가리키면서 멸시하는 투로 지시하고 걸어갔다. 투덜대고 있을 시간이 없어서 나는 오늘 할 일로 달려들었다.

양동이에 물을 다시 채우고, 무릎을 꿇고. 달려들어, 몰리, 달려들어. 확실하게 끝내, 당당하게 끝내!

바닥에 진흙과 오물로 질퍽한 선을 더 그려 놓으며 누군가가 내 바로 앞에 섰다. 그제야 나와 앙숙인 아이의 반짝반짝한 갈색 장화가 내 눈에 들어왔다.

2장

열린 창문

"서두르는 게 좋을걸, 콜탑."

팀브럴의 장남 아너가 나를 내려다보고 있었다. 내가 아너를 잘 모르는 사람이었다면 다른 여자아이들이 하는 말을 믿었을지도 모른다. 옅은 머리칼에 예쁜 눈을 가진, 동화에나 나올 법한 아름다운 아이라고.

하지만 나는 저 애를 알고 있다. 콜탑 과수원에서 사과를 많이 따 봐서 안다. 겉이 반짝반짝 예쁘더라도 속은 썩었을 수 있다는 걸. 그래서 겉모습이 예쁜 건 나한테 큰 의미가 없다. 겉모습은 그 사람의 영혼에 대해서 아무것도 말해 주지 않는다.

아너가 능글맞게 웃으면서 허리에 찬 칼의 나선형 장식 손잡이에 손을 올려놓았다. 부모님이 준 선물이었다. 괴수들과 싸울 경우를 대비해서라나. 참 나! 그런 시나리오를 생각하는 것만으로도 웃음이 터지지만, 꾹 참을 수밖에. 만약 아너 텀브럴이 괴수와 가까이 있게 된다면 그 애가 사용할 건 딱 하나밖에 없을 거다. 바로, 달리기용 신발. 아너는 몇 주 동안이나 그 칼을 자랑하고 다녔다. 아마 잘 때도 차고 잘 거다.

"괴수들이 나오는 숲을 혼자 걸어가고 싶진 않을 텐데, 안 그래?"

아너가 내게 더 가까이 아래로 몸을 숙이고 계속 말했다.

"널 잡아먹을지도 몰라. 적어도 어떤 부분이 남긴 하겠다."

아너가 내 팝스냅을 슬쩍 봤다.

나는 양동이에서 걸레를 꺼내 아너의 신발 위에 비틀어 짰다.

"뭐 이런……."

"실수야."

내가 다정하게 말하자 아너는 눈에 힘을 주고 나를 노려봤다.

"학교에서 우리가 너를 뭐라고 불렀는지 기억하지? 산적이라고 불렀어. 다음번엔 팝스냅 대신 갈고리 팔을 달아야겠는데?"

나는 아너의 무례한 눈길에도 내 팔을 숨기지 않으려고 애썼다. 나는 내 몸이 부끄럽지 않다. 하지만 그렇다고 해서 아너가 나를 놀릴 때 상처를 안 받는 건 아니다.

"기억하지. 작년 노동절 기념 달리기 대회 때 출발선에 서 있을 때 한 말이잖아. 내가 너를 앞지르기 바로 전에 말이야."

천천히, 우리의 눈이 맞닿을 정도로 아주 가까이에 아너가 쭈그리고 앉았다. 그 아이가 막 뭔가를 말하려고 하는데 반들반들한 파란색 종이가 주머니에서 삐져나와 바닥으로 떨어졌다.

아직도 꿈을 꿀만큼 용감한가요?

사람 구함.

용감하고 패기 있는 남자아이들……

나머지를 다 읽기도 전에 아너가 종이를 잡아챘다.

“네가 볼 게 아냐, 산동네 것야. 잘나가는 사람들을 위한 거지. 구정물을 뒤집어쓴 여자애를 위한 게 아니거든.”

나는 어쩔 수 없이 눈을 감았다. 아너가 양동이를 발로 차서 내 옷과 바닥으로 온통 구정물이 쏟아졌기 때문이다.

“내 옷 가져가서 빨아 와.”

아너는 내 무릎에 냄새나는 빨랫감을 한 뭉치 떨어뜨리고는 웃으며 가 버렸다. 짜증나게도 아너의 엄마는 아너에게 매주 새 옷을 사주었다.

“내일 보자. 먼지투성이 몰리.”

양동이를 다시 채우는데 화가 나고 피곤해서 또다시 눈물이 차올랐다. 다시 일로 달려들었다. 소리를 지르고 싶었지만 대신 노래를 부르기로 했다.

우선 들을 수 있을 만할 거리에 사람이 없는지 둘러봤다. 계곡에서든 산에서든 노래는 금지되어 있었다.

수호자들 말에 의하면 산에서 노래를 부르는 건 더 위험하다고 했다. 먼지를 너무 많이 들이마시게 돼서 생명을 잃을 수도 있다고 했다. 하지만 나는 지금 산에 있는 게 아니니까 가만가만 조그맣게 노래를 불렀다.

산 소녀야, 고개를 들어 보렴,
별들이 너를 위해 밝게 빛난단다.
손을 뻗어 은색 가닥을 잡아.
모두가 볼 수 있게 아름답게 땋으렴.

허니서클이 유리에 날개를 파득거리며, 창가에서 미친 듯이 나를 향해 지저귀었다. 보일락 말락 하는 깃털만 한 것이 열린 창문 틈으로 둥실둥실 날아들어 왔다. 뜯어낸 종이처럼 납작했지만 색깔 있는 아주 작은 잎맥 같은 것이 수백 번 왔다 갔다 한 것이었다.

스타패치였다.

요즘에는 통 볼 수 없는 것이라 눈이 너무 피곤해서 헛것이 보이는 거라고 생각했다. 스타패치는 내가 태어나기 훨씬 전, 좋았던 시절에 있었던 아름다운 것이었다.

수년 전, 먼지가 하늘을 뒤덮기 전에 산사람들은 별빛으로 옷감을 짜서 옷과 담요와 스팽글이 달린 망토를 만들었다고 했다. 이 꿈결 같은 옷들을 지친 어깨 위에 두르고 자면, 모험과 희망, 그리고 평화가 찾아왔고, 잠 못 드는 사람에게는 꿈이 내려앉아 오늘은 비탄에 잠겨 있더라도 내일은 더 나아질 거라는 사실을 깨닫게 해 주었다고 했나. 하지만 이제는 아무도 그것에 대해서 얘기하지 않는다. 어떤 기억은, 그 기억이 좋은 것이라 하더라도, 얘기하는 것만으로도 고통스럽다. 어쨌든 끝은 항상 똑같았다. 먼지가 우리를 덮쳤고 별빛을 완전히 빼앗아 가 버렸다는 것. 하지만 사람들은 여기저기서 별빛으로 짠 스타패치가 산들바람에 실려 날아다니는 것을 봤다고 했다.

나는 가만히 손을 뻗어서 진홁투성이 손가락으로 빛나는 스타패치를 잡아서 손바닥에 눕혔다. 별빛의 감촉은 바람처럼 시원했고, 깃털처럼 보드라웠고 빌었던 소망처럼 특별했다.

빛나는 마법의 작은 조각이 아직도 이 어두운 세상을 떠다니고 있다는 걸 알게 되면 남동생도 나만큼이나 좋아할 것이다.

스타패치는 살아 있는 것처럼 내 손에서 아주 밝게 빛났다가 수그러들었다가 또 밝게 빛났다. 그걸 보자마자 내 가슴속에 어떤 확고한 생각이 자리 잡았다. 나는 아직도 꿈을 꿀 만큼 용감하다는 것이다.

3장

익숙한 얼굴들

기차역으로 뛰어갈 때는 온 마을에 어둠이 깔려서 계곡에 빛이 거의 없었다. 내가 태어난 이후로는 내내 먼지가 하늘을 뒤덮어서 해와 별을 가리고 있었다. 12년 동안이었다. 하지만 먼지가 생기기 시작한 건 그보다 더 전으로 거슬러 올라간다. 우리는 그저 어둠이 더 짙어지면 해가 지는 줄 알았고, 그러고 나면 너무 깜깜해서 꼭 세상 전체가 통째로 삼켜진 것 같았다.

"하지만 불평해봤자 아무 소용없어." 텀브럴의 집에서 일하는 것에 대해서 처음 불평을 쏟아 냈을 때 엄마가 내게 한 말이다. 그러고는 내게 이런 요령을 가르쳐 줬다. 현재의 상황이 최악일 때는, 마음속에 있는 다른 곳으로 가라고. 그래서 나는 다시 생각했다. 지금 나는 '먼지투성이 몰리'처럼 보이겠지만, 마음속에서는 '하늘을 나는 몰리'라고. 나는 스타패치로 만든 날개를 달고 미지의 세계로 날아간다. 먼지를 뚫고 올라서, 먼지를 날려 버린다. 그리고 빛을 다시 가져온다. 그리고 빛과 함께 사라져 버린 최고보다 더 좋은 것을.

알루루루, 알루루루. 허니서클이 입맞춤을 하듯 내 볼을 살짝 쪼아서 나는 겨우 정신을 차리고 진흙 웅덩이를 피했다.

"잘 봤어, 허니서클!"

우리는 기차역으로 가는 복잡한 거리를 헤치고 갔다.

산 소녀야, 고개를 들어 보렴,

별들이 너를 위해 밝게 빛난단다.

나는 늘어선 상점들을 지나치면서 오래된 산노래를 흥얼거렸다. 스타패치가 주머니 안에서 나비의 날개처럼 파닥거렸다.

예전에는 별로 만든 상품들이 이곳 상점 유리 안에서 환하게 빛났다. 지금은 수호자들의 집이 계곡에서 가장 밝게 빛난다. 수호자들은 우리를 지켜 주기 위해 선택된 사람들이다.

가장 높은 첨탑이 있는 집은 모티머 굿 씨의 집이었다. 그는 산과 계곡 수호자들의 수장이었다. 모티머는 수호자 역사상 가장 많은 괴수를 물리친 사람이었다. 그래서 거리에서 막대기를 들고 칼싸움을 하는 어린 아이들은 모티머 역할을 하곤 했다. 나도 간혹 그랬다.

기차가 아직 도착하지 않아서, 나는 건물 모퉁이를 돌아 잠시 쉬려고 땅바닥에 주저앉았다. 2페더스워스. 손에서 그것의 무게가 거의 느껴지지 않았다. 주머니에 든 별빛의 무게만큼이나 가벼웠다. 이 돈으로는 일주일도 나기 어렵다.

이제 계곡 탄광에서 일하다 온 아이들의 얼룩진 얼굴이 하나둘 승강장에 나타나기 시작했다. 모두 어깨에는 노란 새가 앉아 있었고, 눈에는 졸음이 가득했다. 그 아이들도 우리를 산꼭대기까지 한 시간 동안 실어다 줄 기차를 기다렸다.

저기 있다. 아담 페이튼의 따뜻한 목소리가 무리를 뚫고 내 심장에 바로 꽂혔다. 나는 더 잘 보려고 벌떡 일어나 까치발을 했다. 그 아이는 남자아이들 무리의 중간에 제일 높이 솟아 있었다. 늘 쓰던 대로 모자를 한쪽으로 삐딱하게 쓰고, 얼굴의 절반을 가리도록 스카프를 두르고 있었다. 다 해진 초록색 스카프는 먼지를 제대로 거르기에는 너무 얇다. 행복한 기운으로 내 가슴이 조금 따뜻해졌다. 저 추레하고 낡은 스카프는 2년 전 겨울 명절에 내가 만들어 줬던 거다.

아담은 어릴 때부터 내 친구였다. 그런데 근 1년 동안 우리는 얘기도 못 나눴다. 엄마는 "다 그런 거야. 어떤 친구들은, 아주 좋은 친구라도, 네 삶에서 잠시 스쳐가는 거야."라고 말했다. 그런데 지금은 아담이 너무 그리워서 가슴이 아프다.

남자아이들은 칙칙한 작업복을 입고 석탄가루를 잔뜩 뒤집어쓰고 있었다. 그래서 파란색이 내 눈길을 끈 것 같다. 아담이 아닌 텀브럴이 갖고 있던 파란색 전단지를 들고 있었다. 모든 남자아이들이 그것을 보고 소곤댔다. 무엇 때문인지 다들 굉장히 흥분한 것 같았다.

말해 봐야 했다. 아담을 불러야 했다. 1년이 됐어도 뭐 어때?

그래도 여전히 친한 친구잖아…… 아닌가?

기차 기적 소리에 나는 깜짝 놀랐고, 승강장에 있던 남자아이들의 목소리도 묻혀 버렸다. 잘 아는 조그만 얼굴 하나가 차창에서 다급하게 밖을 내다봤다. 그 얼굴은 나를 찾고 있었다. 그 얼굴은 내가 세상에서 제일 좋아하는 얼굴, 덴버의 얼굴이었다.

우리 주위로 밤과 추위가 몰려들고, 기차는 산꼭대기에 있는 마을, 콜탑으로 천천히 원을 그리며 올라갔다. 나는 늘 이 기차가 철로 된 커다란 뱀 같다고 생각했다. 올라가면서 쉭쉭거리고, 어둠 속에서 눈을 빛내고, 우리는 모두 강철 뱀의 배 속에 갇혀 있는 거라고…….

나는 내 동생 덴버를 내려다보고 내 쪽으로 끌어당겼다. 엄마는 동생이 기차를 타고 내려와서 나를 데려오게 내버려 두신다. 좋은 생각이었다. 동생의 얼굴이 스타패치보다도 나를 더 행복하게 했다. 덴버의 얼굴을 보자마자 상처받은 모든 것들이 잊혔다.

덴버의 머리칼은 곱슬곱슬하고 민들레 솜털처럼 부드럽다. 엄마는 민들레를 소원을 비는 시계라고 불렀다. 동생을 떠올리기에 딱 맞는 말이다. 내 동생은 내게는 너무 작고 마법 같은 존재다. 소원은 이루어진다. 처음 봤을 때부터 나는 이 세상 누구보다도 내 동생을 사랑할 거라는 걸 알았다. 덴버는 곧 8살이 된다. 덴버는 아직도 콜탑에 있는 학교에 다닌다. 그게 내가 학교를 못 다니는 이유다. 아빠가 다쳐서 우리 둘 중 하나는 일을 해야 했기 때문이다. 예전에는 덴버처럼 작고 뼈만 앙상한 일곱 살짜리 아이들도 탄광으로 보냈다. 하지만 덴버에게 그런 일은 일어나지 않을 거다. 절대로 내가 그렇게 내버려 두지 않을 거다. 어둠 속에서 몇 시간이나 기어 다닐 덴버를 생각하면 뼛속까지 아프다.

"내려오는 길에 먼지 사이로 산 여섯 개 봤다!"

덴버의 말에 내가 물었다.

"이름도 기억해?"

덴버가 유리창 먼지 위에 산꼭대기를 그려가며 익숙한 가사를 외웠다.

칼슨산이 있어요.

분홍색이지만 험해요.

웅장한 펨버산맥은

눈으로 덮인 거인들!

번개산맥은 지글지글 튀겨서 죽이죠.

진짜 용감한 사람만 갈 수 있어요.

보그스산은 너무 질척거려요.

거울산은 너무 눈부시죠.

오래된 티모르강은 깜짝 놀랄……

"여기까지밖에 몰라."

"많이 외웠네! 어쨌든 그 산들이 여기서 제일 가까워. 잘했어. 어떻게 끝나는지 알아? 모두 금으로 덮어서 당신을 부르죠……."

"……용감한 사람만이 그 아름다움을 볼 수 있죠."

덴버 나이였을 때 나도 산에 대해 전해 내려오는 이야기를 듣는 걸 무척 좋아했다. 나는 기차에서 풍경 보는 것을 좋아했다. 나는 용감한 탐험가가 되는 상상을 하곤 했다. 알려지지 않은 산을 모두 오르고, 산꼭대기 너머에 있는 것들을 발견하는 상상을 했다. 하지만 그 누구도 콜탑이나 바람 계곡을 떠나지 않는다. 매서운 먼지 구름이 언제, 어디서나 만들어질 수 있기 때문이다. 게다가 산을 올라가는 일도 위험하다. 길이 너무 어둡다. 한밤중에 돌아다니는 괴수들은 말할 것도 없다. 여기서는 수호자들이 우리를 안전하게 지켜 주지만.

"혹시 내가 제시간에 승강장에 못 오더라도 나를 찾겠다고 기차에서 내리면 절대 안 돼. 그냥 그대로 올라가, 알겠지?"

"누나도 약속해."

어둠 속 덴버의 목소리는 작았지만 확고했다.

"다시는 한밤중에 혼자 걸어오지 않기로. 괴수 때문에 누나가 다치는 거 싫어."

어둠과 먼지가 너무 짙어서 우리를 둘러싼 숲 안쪽을 볼 수가 없었다. 바깥에서 우리를 지켜보고 있는 게 정확히 뭔지 알 수 없지만 그것이 한 번 내게 가까이 다가온 건 알 수 있었다. 또다시 그런 일은 없었으면 좋겠다는 것도. 덴버가 포옹처럼 부드럽게 나를 불렀다.

"누나, 괴수들이 오기 전에는 어땠는지 얘기해 줘."

나는 고개를 끄덕였다. 이야기를 하면 시간이 잘 간다.

"오래전에는 산사람들이 밤에 걸어 다니는 걸 겁내지 않았어. 아니, 밤이야말로 제일 좋아하는 시간이었지. 그때는 숲속에 괴수들도 없었고 공기 중에 먼지도 없었어. '잊힌 산'은 지금과는 무척 다른 곳이었어. 처음에는 이름도 '빛나는 산'이었고. 하지만 이곳이 빛났던 건 해 때문만은 아니었어. 물론, 해가 금을 비추고 그 빛이 반사되면서 반짝이긴 했지만 말이야. 별들이 우리를 사랑하고 우리도 별들을 사랑했기 때문에 빛났던 거야. 산사람들은 별빛으로 꿈을 직조할 줄 알았어."

"어떻게 했는지 말해 줘. 최고보다 더 좋았던 거 얘기해 줘."

덴버의 말에 나는 속삭이듯 나직이 말했다.

"매일 밤 직조자들이 산꼭대기에서 기다렸대. 스타버드의 도착을 알리는 따뜻한 바람이 불어올 때까지 말이야. 스타버드는 밤에도 은은하게 빛나는 갈기와 날개를 가진 어마어마하게 큰 야생마야. 나이가 많든 적든 용감한 사람이면 누구나 직조자가 될 수 있었어. 그 말들이 산에 내려오면 직조자들이 말을 타고 하늘을 날아다녔대."

덴버가 고르지 못한 이를 드러내고 활짝 웃었다.

"직조자들은 하늘로 날아올라서 긴 별빛 조각들을 수집했어. 수집한 것들을 모아 옷감을 짜고, 가끔 서로 빛을 주거니 받거니 던지기도 했대. 엄마는 우리가 산의 여왕이자 왕이었다고 했어. 말들은 산사람들을 무척 좋아했어. 특히, 아이들을 좋아했지. 그래서 숲에서 아이들과 놀기도 했어."

덴버의 볼에 있던 보조개가 더 깊어지려 했다. 웃으려고 입꼬리가 위로 올라갔다. 하지만 이야기가 끝나자 미소가 옅어지고 입은 일자가 되었다.

"그러고 나서 먼지가 우리를 덮쳤어. 별들이 빛을 잃어버렸지. 아름다운 생명체도 날아가 버렸어. 어디 좋은 곳에서 날고 있으면 좋겠다."

잠시 우리는 흔들리는 기차 리듬에 몸을 맡긴 채 말없이 앉아 있었다.

별빛으로 짠 코트를 입지 않고는 꿈을 꾸는 것이 예전처럼 쉽지 않다. 이제 우리는 모두 악몽을 꾸며 두려움에 떤다.

"언젠가는 돌아올 거라고 믿어."

갑자기 덴버가 말했다. 언제나처럼 명랑하고 다정한 목소리였다.

"돌아올 거야. 먼지를 뚫고 올 방법을 찾아낼 거야."

주머니에 있던 스타패치가 마구 움직거렸다.

4장

먼지 방울

기차가 경적을 울리며 깊은 숲에서 빠져나와 콜탑의 승강장으로 들어섰다. 탄광에서 돌아온 남자 어른들이 퀴퀴한 냄새나는 물을 마시며 조그만 모닥불 주위에 모여 있었다. 몇몇은 너무 피곤해서 모닥불 옆에 엎어진 채 잠들어 있었다.

"조심해, 누나!"

기차에서 내리는데 덴버가 내 팔을 잡고 끌어당겼다. 덴버가 땅바닥으로 주욱 흘러내리는 타르 색의 먼지 방울을 가리켰다.

원래는 스타패치가 내려앉던 나무 꼭대기에 지금은 뭉쳐진 먼지가 이슬처럼 매달려 있다. 먼지 방울이 사람의 신체에 해를 입히지는 않지만 먼지 방울이 한 방울만 어깨에 떨어져도 며칠 동안 슬픔에 빠진다. 도저히 떨쳐 버릴 수 없는 아주 이상한 슬픔에 잠기는 것이다.

"고마워."

내가 말했다. 덴버가 내 손을 잡았는데 자물쇠에 열쇠가 들어가듯 내 손에 꼭 맞았다. '내가 널 지켜 줄게. 누구도 너를 다치게 할 수 없어.' 라고 나는 생각했다. 우리는 함께 승강장을 걸어 내려갔다. 차가운 밤바람이 낙엽을 휘저으며 소용돌이를 만들었다.

콜탑에 남은 상점들이 오늘은 문을 열지 않는다. 이곳 상점들은 바람 계곡의 상점처럼 근사하지 않다. 다 쓰러져 가는 오두막 같은 상점들이 선로 주변에 옹기종기 모여 있다. 예전에는 무척 근사했다. 별 관련 상품들이 하도 밝게 빛나서 제대로 보려면 눈을 가늘게 뜨고 봐야할 정도였다. 별들은 욕심이 없어 언제나 빛을 나눠 줬다. 직조자들이 별빛을 구부려서 만질 수 있는 것으로 만들어 놓으면, 사람들도 만지거나 가질 수 있었다.

이제는 탄광에서 운영하는 상점들만 있다. 새 신발과 딱딱한 모자, 손전등과 작업복, 그리고 어린 더스트플라이트를 판다.

"몰리."

매브 할머니가 가판대를 펴고 있던 승강장으로 나를 불렀다. 메이벨 프라이 할머니는 실제로는 누구의 할머니도 아니었지만 산에서는 모두가 자기 할머니처럼 불렀다. 사실, 어떤 사람들은 매브 할머니라고 하지 않고 매드(Mad: 미친) 할머니라고 불렀다. 그 사람들은 할머니를 괴팍한 늙은 장사꾼이라고 생각했다. 하지만 나는 할머니가 멋진 예술가라고 생각한다. 할머니는 갖가지 값싼 장신구들을 팔면서 부서질 듯한 수레를 밀고 마을을 누볐다.

할머니가 오늘 밤에는 꼬마 마녀 같아 보였다. 발목까지 오는 검정 드레스에 검정과 흰색 줄무늬 양말을 신고, 곱슬곱슬한 흰 머리 위에는 검정 중산모를 쓰고 있었다.

할머니는 내게 조용조용 얘기하면서, 덴버가 할머니의 물건들을 구경하도록 내버려 뒀다.

"오늘은 후딱후딱 집에 가. 동생 옆에다 꼭 끼고. 그리고 엄마한테 산에 까마귀들이 있다고 말씀드려라."

"까마귀요? 그게 무슨 말이에요?"

매브 할머니가 고개를 저었다.

"무슨 말인지 알아들을 게다. 빨리 가서 말씀드려, 알겠지?"

"매브 할머니! 할머니 맞아요?"

승강장 아래쪽에서 한 남자가 휘청거리면서 갈라진 목소리로 정신없이 할머니를 소리쳐 불렀다. 그 남자는 자신보다 훨씬 큰 남자를 지탱하느라 안간힘을 쓰고 있었다.

"먼지 방울에 맞았어요! 모르고 있었는데 나무에서 떨어졌어요."

매브 할머니가 가만히 손을 뻗어 축 처진 남자의 머리를 들어서 눈을 들여다봤다. 바로 그때 나는 그 남자의 오른쪽 어깨에서 찐득한 타르 색의 방울이 가슴 위로 흘러내리는 것을 봤다.

매브 할머니는 재빨리 움직였다. 수레에 있던 갈색 병을 집어 흔들어 섞고 이로 마개를 따 깨진 찻잔에 그 내용물을 부었다.

"몰리."

할머니가 다급하게 불러서, 멍하던 내가 정신을 차렸다.

"수레 저쪽에 있는 파란색 유리병 가져와."

나는 할머니의 말이 끝나기도 전에 움직였고, 유리병을 잡자 할머니는 그 안에 든 것도 찻잔에 부었다.

"천천히 마시게 해."

할머니가 계속 말했다. 목소리가 조금 갈라졌다.

"마시는 중간에 편히 숨 쉬게 하고. 슬픔이 지나갈 때까지 당신이 옆에 있을 거라고 말해 줘."

어른 아이 할 것 없이 모두가 이 소동을 보겠다고 발길을 멈췄다. 나는 그 남자의 친구들이 가까이 다가가서 어깨와 팔에 손을 올려놓는 모습에 감동받았다. 그 친구들은 "나 여기 있어. 윌."이라고 부드럽게 말했다. 떠돌이 개가 윌이라는 사람의 펼쳐진 손바닥에 얼굴을 들이밀었다.

"몰리!"

나는 깜짝 놀라서 고개를 들었다. 엄마가 손전등을 높이 들고 내게로 걸어왔다. 목소리에는 걱정이 잔뜩 배어 있었다. 왜 그러시지? 나랑 같이 있으면 덴버가 안전하다는 건 아실 텐데.

나보다도 먼저 매브 할머니가 내가 전해야 했던 소식을 엄마에게 전했다. 엄마가 어깨를 펴고 동생에게 손을 뻗었다.

"이리 와. 폭풍이 올 것 같구나. 집에 가자."

엄마와 아빠가 젊은 시절 막 사랑에 빠졌을 때, 콜탑의 북쪽 숲에 이 집을 지었다. 엄마와 아빠는 그저 세상으로부터 멀리 떨어진, 아무도 모르는 조그만 장소를 원했다. 그래서 하늘이 어두워지고, 먼지가 바람 계곡과 산에 있는 마을들까지 모두 뒤덮었을 때도 엄마와 아빠는 가장 늦게까지 별빛을 볼 수 있었다.

지금은 하늘에 먼지밖에 없다. 키 큰 나무엔 먼지 방울이 가득하다. 우리가 가진 빛이라곤 난로에서 탁탁거리는 불빛이 전부다.

우리가 집에 들어섰을 때 아빠는 난롯가 옆 의자에 앉아 있었고, 전등 불빛이 아빠의 얼굴을 환히 밝혔다.

"잘 있었어요, 아빠 곰?"

내 작은 손을 아빠의 커다란 주근깨투성이 손 위에 올려놓았다. 아빠가 긴 손가락으로 내 손가락을 꼭 감싸 쥐었다. 아빠에게도 주근깨가 있어서, 나는 내 코 위에 흩뿌려져 있는 주근깨를 특별히 더 자랑스러워한다. 학교에서 아너 텀브럴이 그걸로 놀려 댔을 때조차도 나는 자랑스러웠다. 아빠가 손으로 내 얼굴을 받치고 이렇게 말했던 걸 기억한다. "하지만 몰리…… 주근깨가 없는 얼굴이라니, 그건 별이 없는 하늘과 같은 거라고!"

아, 그 목소리가 얼마나 그리운지.

먼저 목소리가 사라졌다. 새장에서 풀려난 야생의 새처럼 아빠의 입에서 목소리가 날아가 버리는 것을 삼촌은 봤다. 삼촌 말에 의하면 남자 어른들에게 무척 자주 일어나는 일이라고 한다. 아빠의 목소리가 사라져 버리자, 방에는 노래도, 이야기도 그리고 이 세상에서 제일 좋은 세 단어도 사라져 버렸다.

'아빠는' 과 '너를' 과 '사랑해' 가.

내가 제일 그리운 건 그 말 자체가 아니라, 아빠가 그 말을 하는 방식이다. 탄광이 내게서 그것을 앗아갔다. 다른 것도 가져가 버렸다. 아빠는 폭발로 시력을 잃었다. 탄광에 있는 수호자들은 기계를 너무 조심성 없이 다룬 아빠 잘못이라고 했다. 하지만, 거짓말이다. 우리 아빠는 매사에 조심하는 사람이다.

아빠의 사고로 우리는 곤경에 빠졌다. 아빠는 말하지도, 보지도 못해 탄광에서 일할 수 없었고, 그 폭발이 "아빠의 잘못"이기 때문에 임금도 받지 못했다.

여자는 받아주지 않아서 엄마는 다운 빌로우에 갈 수 없다. '남자 아이들을 커서 탄광으로 가고, 여자아이들은 도시를 반짝반짝 빛나게 한다' 는 말도 안되는 규칙이 있었다. 예전부터 그렇게들 말했다. 그리고 엄마는 아빠를 돌봐야 했다. 덴버는 고려 대상이 아니니, 결국 내가 남는다.

"까마귀들이 계곡에 있대요."

엄마가 나지막이 말했다. 아빠가 문신을 새긴 단단한 팔을 무릎에 올라앉아 있는 덴버에게로 뻗었다. 폭풍우를 피하는 것처럼 서로를 안았다.

바로 그때 허니서클이 갑자기 소리를 내질렀다. 경고하듯 날카롭고 높은 음으로 울어서 내 팔의 털이 가시로 된 바늘같이 느껴졌다.

여기 산 위쪽에서는 산사태가 나지 않는다. 땅 위에서는 폭발도 없다. 하지만 나쁜 사람은 있다.

쾅, 쾅, 쾅. 앞쪽에 쇠가 달린 장화로 문을 차는 소리다.

"누구예요, 엄마? 왜 그러는 거예요?"

아빠는 이미 일어서서 동생을 내 앞으로 밀었다. 엄마는 내게로 달려왔다.

"덴버를 숨겨."

엄마가 우리 둘을 다락으로 올라가는 사다리 쪽으로 떠밀었다. 허니서클이 너무 시끄럽게 울어대는 바람에 엄마가 하는 말을 제대로 알아들을 수가 없었다. 나는 멀쩡한 팔로 덴버를 감싸고 내가 할 수 있는 한 최대한 높이 덴버를 밀어 올렸다.

"문 열어, 카인 램블. 문 열어!"

바깥에서 남자 목소리가 우렁차게 울렸다.

평생 한 팔로 지탱해서 다락에 있는 이층 침대에 올라갔지만, 이렇게 빨리 올라가긴 처음이었다. 다 올라간 나는 덴버에게 꼭 달라붙어서 사다리를 끌어 올리고는 서둘러서 침대 아래로 기어 들어갔다. 현관이 활짝 열렸다. 무거운 발자국 소리가 아래층을 가득 채우자 내게 안겨 있던 덴버가 몸을 덜덜 떨었다. 수호자들이다. 방으로 걸어 들어올 때 나풀거리는 검정 망토를 보니 매브 할머니가 '산에 까마귀들이 있어.' 라고 한 말이 생각났다.

"이런 식으로 쳐들어올 권리는 없어요."

엄마가 소리쳤다. 허니서클은 여전히 화가 난 목소리로 노래했다. 여기서는 아빠의 얼굴이 보이지 않았지만 아빠도 화가 잔뜩 났다는 걸 알 수 있었다. 목소리는 사라졌을지 몰라도, 아빠는 눈빛으로 말할 수 있다. 저 사람들이 아빠의 눈을 마주할 용기나 있는지 모르겠지만, 마주한다 하더라도 아빠의 눈빛을 보면 움츠러들 것이다.

"우리 집에서 나가요!"

엄마가 다시 소리쳤다.

앞에 있던 남자가 엄마를 무시했다. 수호자들은 항상 여자들의 말은 들을 가치도 없다고 생각한다.

"카인 램블?"

"내가 지금 저 사람을 대신해서 말하고 있잖아요."

엄마가 말했다.

"저 사람은 다운 빌로우에서 목소리를 잃었다고요. 알잖아요. 대체 이 시간에 우리 남편한테 무슨 볼일이 있는 거죠?"

"당신 남편 말고, 당신 아들한테 볼일이 있지."

목소리가 말했다.

5장
산에 나타난 까마귀

나는 왼팔로 덴버를 가슴 쪽으로 꽉 끌어안았다. 덴버는 훌쩍거리지도 않고 내 목에 머리를 바짝 기댔다. 우리는 둘 다 겁에 질려 땀범벅이 되었고, 숨을 너무 거칠게 내뱉지 않으려고 노력했다.

아, 그렇지만 나는 저 형편없는 사람들에게 불을 내뿜고 싶었다. 한편으로는 어디 한번 덴버를 데려가 보라고 하고 싶었다. 내가 강해 보이지 않는다는 건 나도 안다. 하지만 가끔은 내 안에서 차오르는 길들여지지 않는 힘이 느껴진다.

"덴버는 여기 없어요."

엄마는 떨지 않고 연습한 대로 거짓말을 했다.

"계곡에 있는 가족들과 같이 있어요. 봄이나 돼야 집에 올 거예요."

"그래?"

수호자가 물으면서 계속 돌아다니는 소리가 들렸다.

"그때라면 당신은 교도소에 있겠군, 램블 부인. 어마어마한 빚 때문에 말이오."

덴버의 가슴에서 소리 없는 비명이 터져 나올 뻔했다.

"한 달 치 임금밖에 안 남았어요. 우리 애도 일하고 있다고요. 겨우 먹고 살 정도밖에 안 되겠지만, 우리는 그거면 돼요."

엄마가 말했다.

"그건 당신 생각이고."

수호자가 말했다.

그리고 우리 빚을 나열하기 시작했다. 의료비, 주거비, 다운 빌로우에서 아빠가 '망가뜨린' 기계 수리비. 나는 너무 화가 나서, 나무 바닥이 저 사람의 얼굴이라 여기며 손톱으로 마구 후벼 팠다.

"램블 부인, 다른 사람들처럼 빚을 갚아야죠. 아들이 열심히 일만 하면 자기 월급으로 갚을 수 있을 거요. 안 그러면 당신 집, 옷, 가진 거 다 가져가야지. 기다릴수록 더 나빠진다고."

"이건 정말 너무하잖아요!"

엄마가 소리 질렀다. 아빠가 엄마에게 고개를 저었다. '그만두라고. 저 사람들을 더 화나게 만들지 말라고.' 하지만 나는 소리를 지르는 엄마가 자랑스러웠다. 얌전하게 구는 건 아무짝에도 쓸모가 없다.

"당신들은 어린애들을 너무 깊이 내려 보내요. 너무 많은 걸 바란다고요. 어른들과 남자아이들이 그 아래서 목소리를 잃고 있어요. 시력도 잃고요. 거기서 죽어가고 있다고요."

남자가 엄마를 바닥으로 밀쳤다. 아빠가 남자에게 달려들었고, 수호자의 주먹이 아빠의 배를 가격하는 소리에 나는 움찔했다. 나는 덴버를 끌어당겨 "쉿, 쉿, 소리 내지 마."라고 애원했다. 눈물이 내 볼을 타고 덴버의 얼굴로 흘러내렸다.

수호자의 목소리는 아주 차분했다.

"일주일 내로 4000페더스워스를 갚아. 아니면 아들을 탄광에 보고할 테니까."

"4000페더스워스라뇨? 2년이 지나도 그런 돈은 못 구해요."

엄마가 어이없어서 웃으며 말했다.

"그러면, 다른 방법으로 우리가 받아야 할 돈을 받아야지."

문이 쾅 닫혔다.

정적이 방을 채웠다. 그리고 바닥에 있는 엄마와 아빠의 소리가 났다.

서로에게 기어가는 소리가. 나지막이 우는 소리가.

내 옆에 놓인 채 잊었던, 아까 잡았던 스타패치가 깜박깜박 고동쳤다.

6장
초대장

다음날 아침, 나는 다른 식구들이 일어나기 전에 깼다. 심지어 엄마도 일어나기 전에. 어젯밤에는 마음이 아픈 대로 내버려 뒀지만, 이제는 아침이다. 새로운 날이다. 게다가 절망하고 있을 시간이 없다. 동생을 구할 방법을 찾아야만 한다.

나는 빨리 움직였다. 머리 위로 옷을 입고, 장화를 신고, 팝스냅을 찼다.

나는 누가 깨지 않도록 까치발을 하고 서둘러 문을 나섰다. 북쪽 숲의 공기는 무척 차가워서 살을 에는 듯했다. 딸깍하고 문이 닫히기 직전에 허니서클이 날아 나왔다.

내가 허니서클에게 말했다.

"걱정하지 마. 내가 해결할 거야. 뭐든 해결할 수 있어. 텀브럴 부인한테 일을 더 달라고 할 거야. 어떤 집은 입주해서 일하는 사람을 고용하거든. 밤낮으로 계속 일해 주는 거지. 그렇게 할 수 있는지 물어 볼 거야."

아침도 안 먹은 데다 그런 생각을 하니, 속이 뒤틀렸다.

"아니면…… 내가 필요한 사람을 알지도 모르고. 돈을 더 많이 줄 수 있는 사람 말이야."

'가능성이 없어. 텀브럴 부인은 네가 그 집 일도 감당할 수 없을 거라고 생각하잖아.' 물론 허니서클이 내게 한 말은 아니다. 내 뇌의 이성적인 부분이 한 말이지만 사실이다.

승강장에서 마샤 블룸 아주머니가 아침용 패스트리 가판대를 세우고 있었다. 계피 가루가 뿌려진 조그만 애플 퍼프는 콜탑에서 가장 인기 있는 음식이었다. 애플 퍼프를 살 돈은 없었지만 파이를 굽는 따뜻한 냄새에 숲속의 괴수들 못지않게 배 속이 시끄럽게 울어댔다.

반짝이는 4000페더스워스를, 그것도 빨리 마련할 수 있는 방법에 대해서 온갖 생각을 다 해 보는 동안 허니서클은 내 옆에서 깐닥거리며 날았다.

두 집에서 일을 할 수 있을지도 모른다. 매브 할머니처럼 물건을 팔 수도 있고, 마샤 아주머니처럼 특별한 케이크를 굽는 걸 배울 수도 있다.

나는 먼지가 없었던 시절의 산에 대한 이야기를 좋아한다. 이곳에 살던 생명체들과 우리가 나누었던 친절과 나무에 내려앉은 별빛에 대한 이야기를. 지금도 그 모든 게 있다면 얼마나 좋을까. 하지만 나는 남을 다치게 하거나 일을 할 수 없게 만든 사람을 처벌하지 않는 세상을 그냥 받아들이게 될 것이다. 이런 생각을 하니 뭔가를 주먹으로 후려치고 싶었다. 먼지에 구멍을 뚫어서 별들을 되찾아 올 수 있게 후려치고 싶었다.

나는 기차 승강장을 따라 걸으면서 사람들이 발로 차올린 작은 먼지 구름 속으로 들어갔다. 먼지를 들이마시면 목이 따갑다. 하지만 나는 코와 입을 막지 않고 계속 걸어다녔다. 돌아다닐수록 더 화가 났다. 경고하듯 허니서클이 내 귀에 대고 시끄럽게 울어댔다. 나는 화들짝 놀라서 먼지에서 빠져나왔다. 화가 누그러졌다.

"얌전하게 굴어, 몰리" 엄마 목소리가 들리는 듯했다. 그러자 또 다른 울화가 치밀었다. 다른 사람을 정말로 해치고 싶은 적은 없었다. 지금도 그렇다. 얌전하게 구는 것에 지쳤을 뿐이다. 나는 불만스러워서 씩씩거리며 돌 하나를 선로로 찼다.

허니서클이 눈물방울이 떨어진 내 볼을 부드럽게 톡톡 건드렸다.

"조기출근자는 표 준비하세요! 기차가 들어옵니다!"

역장의 목소리에 나는 화들짝 놀랐다. 텅 비었다는 걸 알면서도 치마 주머니를 뒤졌다. 어제 하도 정신이 없어서 아침 표를 꺼내 놓지 않았다. 혹시나 주머니에 남아 있는 게 있을까 하고 아너 텀브럴의 세탁물을 뒤졌다. 그런데 뭔가 다른 게 잡혔다. 반들거리는 파란 것이.

전단지다. 모든 남자아이들이 얘기하고 있던 거다. 아너가 여분으로 받아둔 게 틀림없다. 아너가 내가 안 봤으면 했던 그 수상쩍은 종잇조각을 펼쳤다. 이번에는 재빨리 읽어 치웠다.

아직도 꿈을 꿀 만큼 용감한가요?

사람 구함.

죽음의 공포 속에서도

말을 타고 달리며 나는 것을 두려워하지 않는

용감하고 패기 있는 남자아이들!*

모험을 갈구하나요? 막대한 재산을 원하나요?

계곡에 집을 갖고 싶나요?

그렇다면 오세요, 꿈꾸는 용감한 자여!

<u>엄청난 부가 기다립니다!</u>

관심 있는 사람은 가을의 첫날 아침에 서쪽 숲으로 오세요.

초대장이 있는 사람에 한해 입장 가능.

*고아 선호

물론 말도 안 되는 소리지만 두 단어에 내 가슴은 뛰었다.

'막대한 재산.'

솔깃했다. 내가 남자가 아니라는 사실은 생각하지 말자. 고아가 아니라는 것도. 가끔씩은 기도하고, 전전긍긍하고, 소원했던 것들이 우주를 설득해서 기회를 주기도 하나 보다. 이런 전단지가 내 손에 들어왔으니 말이다. 이 이상한 초대장이 선물처럼 느껴졌다.

오늘이 가을의 첫날이다. 이것이야말로 내게 필요했던 변화이고, 어쩌면 이 변화가 모든 것을 바로잡을지도 모른다.

"다음 기차까지는 아직 몇 시간 남았어."

나는 허니서클이 들을 수 있을 만큼 크게 단숨에 말했다.

"계획은 이래. 숲으로 가서 대체 이게 뭔지 알아낼 거야. 아무것도 아니라면 다음 기차를 타고 가서 텀브럴 아주머니한테 말하면 돼. 간단하지!"

허니서클은 내 말에 동의하지 않는 것 같았다. 몸을 한껏 부풀리고 조용히, 반짝거리는 갈색 눈으로 나를 뚫어지게 쳐다봤다.

"쉽지 않을 수도 있어. 그래도 할 수 있을 거야."

내가 보기에 유일한 문제는 내가 남자가 아니라는 사실이었다.

"오늘 아침에 해결한 문제 중에서 제일 쉽네."

나는 아녀 텀브럴의 망할 세탁물을 땅에 쏟아서 바지와 셔츠를 집어 들고, 옷을 갈아입으러 숲으로 달려갔다.

바지 단추를 채우고(시간이 엄청 걸렸다), 셔츠를 집어넣고, 파란색 벨벳 재킷도 제대로 입었다. 그러고 나서 머리를 뒤집어서 땋은 머리를 모자 안으로 집어넣었다(이때는 확실히, 잘 잡을 수 있는 손이 두 개가 있으면 좋겠다는 생각이 들었다).

셔츠 소매는 길게 내려서 팝스냅이 드러나지 않게 했다. 임무가 뭐든 간에 주최자들이 나를 그 일을 할 수 없는 사람으로 보지 않길 바랐다.

"가자!"

그리고 나는 서쪽 숲으로 출발했다.

"몰리?"

나는 멈춰 섰다. 아담의 목소리다. 내 뒤에서 나는 소리였다.

탄광에서 부는 두 번째 호루라기 소리를 이미 들었다. 모든 남자어른과 아이들이 이제 땅 아래에 있고, 늘 하던 대로 하강이 시작되었다는 뜻이다. 두 번째 호루라기를 분 후에 나타나면 이미 늦었다. 그날 임금은 못 받는다.

내가 천천히 뒤로 돌았다. 아담이 꼼짝도 않고 서서 나를 보고 있었다. 파란색 전단지를 들고.

"벌써 호루라기를 불었잖아."

다른 건 하나도 이상할 것 없다는 듯이 내가 말했다. 내가 아너 텀브럴의 옷을 입고 있다는 사실까지도.

아담은 나를 보고 충격을 받은 것 같았다. 눈이 동그래져서 물어볼 게 수십만 개라도 되는 듯 이마를 찡그렸다.

"여기서 뭐해?"

"서쪽 숲으로 가는 길이야, 돈을 긁어모으려고."

내가 전단지를 들고 아담이 서 있는 곳으로 걸어갔다.

이제 아담과 눈을 맞추려면 까치발을 들어야 했다. 언제 이렇게 많이 컸지? 잠깐 안 본 사이에 어쩜 이렇게 달라 보이지? 몸도 좀 더 날렵해졌다. 그리고 눈은……. 나는 깜짝 놀랐다.

아담이 나를 보고 슬프게 웃었다.

"눈동자에 착색된 거 처음 보냐, 주근깨. 너무 놀란 것처럼 그러지 마."

"그래도 고작 1년 있었는데……."

결국 모든 광부의 눈동자는 석탄처럼 까매지고, 너무 까매서 눈동자 색을 구분할 수가 없게 된다. 엄마가 탄광에서 일하는 남자아이들에 대해서 했던 말이 생각났다. 탄광에서 일하면서 아이들이 얼마나 빨리 철이 들어 버리는지에 대해서 했던 말이. 그리고 햇빛 아래서 자라야 할 아이들이 인생의 전성기에 땅속을 기어다니는 것은 슬픈 일이라고 했던 말이.

아담이 내게서 눈을 거두고 내가 손에 구겨 들고 있던 전단지를 내려다봤다.

"그건 어디서 났어?"

"그게 무슨 상관이야."

아담이 끙얼거렸다.

"제발 기차를 타, 몰리. 전단지에 뭐라고 쓰여 있든 간에…… 절대 안전하지 않아."

"안전할 필요 없어! 난 엄청난 돈이 필요하다고."

"느낌이 와. 이건 진짜로 엄청나게 위험한 일일거야. 이러다가 네 일당까지 놓쳐, 몰리. 하루면, 1페더스워스라고!"

"나의 쾌활한 성격과 악덕 고용주 덕분에 일주일에 평균 2페더스워스야. 엄청난 돈이 더 구미가 당겨."

내가 말했다.

"몰리……."

"아담, 어제 그 사람들이 덴버를 찾으러 집에 왔어. 위층에 덴버를 숨겼어. 덴버를 데려가지는 않았지만 다시 올 거야. 집을 뒤지겠지. 다른 수가 없어. 선택의 여지가 없다고."

내 얘기에 아담의 얼굴이 누그러졌다.

"엄청난 페더스워스가 필요하잖아."

"내가 몇 년을 벌어도 모자라지."

"내가 도울 수 있을 거야."

아담이 단호하면서도 사려 깊게 말했다. 아담이 무슨 생각을 하는지 안다.

"만약 이게 제대로 되면, 너한테 돈을 갖다 줄게……."

"싫어, 우리 둘 다 보살펴야 하는 가족이 있잖아. 나도 할 수 있어."

내가 전단지를 들어 보였다.

"내가 할 거라고. 그러니까 못 가게 해 봐야 소용없어!"

"너는 남자가 아니잖아."

아담이 전단지의 한 줄을 손으로 콕 짚으며 의기양양하게 말했다.

"너는 고아가 아니잖아!"

내가 소리 질렀다.

"모두 타세요!"

안내원이 승강장에서 소리쳤다.

대답하는 아담의 목소리에는 흔들림이 없었다.

"고아를 선호한다고 했어. 그게 무슨 말인지 알지? 남은 가족이 없기를 바랄 만큼 위험하다는 뜻이야."

그 생각을 하니 간담이 서늘했다.

"나는 충분히 용감해."

"그건 의심한 적 없어."

아담의 입이 반쯤 웃는 모양이 됐다. 늘 그랬던 것처럼.

"좋아."

아담이 포기했다. 아담은 내가 한번 마음을 정하면 물러서지 않는다는 걸 안다.

"같이 가자."

마치 자기가 허락해 준다는 듯이 말했다.

"그래, 그러자."

내가 전단지를 아너의 바지 주머니에 구겨 넣으면서 말했다.

"내가 앞장설게."

우리는 먼지 가득한 숲을 말없이 걷다가 서쪽 숲의 경계에 이르자 머뭇거렸다. 나는 아담이 다시 되돌아가자고 말해 주길 기다렸다. 하지만 아무 말도 안 했다.

길고 가느다란 검은딸기나무가 경계선 위를 구불구불 덮고 있었다. 햇빛이 없는데도 검은딸기나무의 가시가 반짝였다. 우리 위로만 특히 더 먼지가 자욱하게 피어올라서, 우리를 이 불길한 나무 쪽으로 몰아가는 것처럼 느껴졌다. 어딘가 숲속 깊은 곳에서 들려오는 소리에 화들짝 놀라 나는 뒤로 물러섰다. 신경을 긁는 비명이었다. 사람이 내는 소리가 아니라, 짐승 소리 같았다. 절대로 다시는 듣고 싶지 않은 소리였다.

계곡에서 일하고 처음으로 밤에 혼자 숲속을 가로질러 집으로 가는 길에 들었던 소리였다. 처음에는 사람 발소리인 줄 알았다. 그런데 아니었다. 누가 내 뒤를 밟고 있었다. 내가 빨리 움직이면 그것도 빨리 움직였다. 내가 그 어떤 것, 비명에서 뛰어 달아날 때까지 내내 그랬다. 그때 들었던 소리와 똑같았다. 완전히 똑같았다.

"탄광에 있는 남자 어른들이 그러는데 숲속에 괴수들이 더 많아졌대. 특히 서쪽 숲에."

말을 하는 아담의 손이 떨렸다. 나도 마찬가지였다.

"무서워?"

"그런 것 같아. 하지만 안 그런 척 할 거야. '하늘을 나는 몰리'처럼 굴 거야."

아담이 눈썹을 치켜올리고 웃었다.

"누구?"

"아무것도 아냐. 너랑 같이 있어서 좋다."

"나도 그래."

우리는 계속 나란히 걸었다.

먼지 방울들이 서쪽 숲의 나무 꼭대기에 죽은 나뭇잎처럼 매달려 있지만, 나무가 드리운 지붕과 그림자 때문에 이 아래에서는 잘 보이지 않았다. 하지만 그래봤자 그냥 먼지가 많은 숲일 뿐이라고 나 자신에게 상기시켰다. 아담과 나는 숲에 익숙하다. 그런데 왜 이 숲은 다르게 느껴지는 걸까? 한동안 우리는 우리 목소리를 들으려고 일부러 말했다. 우리가 겁먹지 않은 척하려고.

"아까, 재수 없게 굴려던 건 아니었어."

뒤엉킨 나무뿌리와 떨어진 나뭇잎을 밟고 가는데 아담이 말했다.

"누구한테도 그러고 싶진 않아. 그냥 네가 다치지 않았으면 해서. 나는 늘 장학금을 받는 널 상상했어. 계곡에 있는 학교를 다니고. 뭔가 멋진 일을 하는 널."

"그런 일이 일어날 순 없다는 거 알잖아."

"뭐든 좋은 일은 일어날 수 있어, 주근깨."

아담이 다시 조용해졌다. 장화를 신은 우리는 진흙투성이 도랑을 철벅거리며 걸었다. 여차하면 손을 뻗어 서로를 도울 수 있도록 우리는 딱 붙어서 걸었다. 예전에 그랬던 것처럼.

"조심해. 티모르 가루야."

아담이 연한 노란색 먼지 더미를 빙 둘러가게 나를 안내했다.

"처음 듣는데?"

"탄광에서 약으로 써. 베이거나 할 때 치료용으로. 잘 듣는 거 같

아. 그런데 너무 많이 쓰면 기분이 좀 이상해져."

"탄광은 정말 끔찍하니?"

"응."

아담이 걸으면서 말했다.

"그 아래가 싫을 거라는 건 진즉부터 알고 있었어. 그래도 해야 했으니까. 아빠가 이젠 다운 빌로우에서 일을 못하셔. 내가 열세 살이 다 됐는데 나는 이제 겨우 1년 일했으니까. 감사해야 할 일이지."

"맞아. 그 사람들은 오래 일 시킬 어린 남자애들을 좋아하니까."

아담이 슬프게 고개를 끄덕였다.

"덴버는 절대 못 데려가게 하자, 몰리."

우리는 한동안 말이 없었지만 그래도 괜찮았다. 진짜 친구랑 있을 때면 대화만큼이나 침묵도 좋았다. 기분 좋은 침묵 상태로 한참을 함께 걸으면서 내내 그 생각을 했다. 그러다가 우리 중의 한 명이 갑자기 달리기도 했다. 이유는 없었다. 그냥 달리고 싶어서 달렸다.

아담이 손을 뻗어 내가 들장미 덤불을 지나가게 해줬다.

"조심해. 우리 어렸을 때 여기 온 적 있었는데, 기억나? 그래도 경계선을 넘어간 적은 한 번도 없었는데."

내가 미소 지었다.

"응, 새가 갑자기 우리를 덮쳐서 무서워 죽을 뻔했잖아."

"네가 겁먹었지."

"너도 나만큼이나 죽을힘을 다해 달려 놓고!"

"이번엔 도망 안 갈 거야."

아담의 목소리는 체념한 듯 슬픈 기색이 있었다.

"결사의 각오로 가고 있으니까."

"다행이네. 내가 있어서 네가 필요할 때 구해 줄 수 있어서."

"잘난 척 그만해라, 주근깨야."

아담이 웃자 내 마음이 따뜻해졌다.

"들어 봐."

아담이 한쪽으로 고갯짓을 했다. 숲속에 누가 있었다.

7장

용감하고 패기 있는 젊은이들

사람들이 더 있었다. 많은 사람들이 있었다. 숲 바닥에 떨어진 앙상한 나뭇가지들을 부러뜨리며 사방에서 발자국들이 다가왔다.

아담이 내 팔을 놓고 나지막이 말했다.

“지금이라도 돌아갈 수 있어.”

“입 다물어.”

갑자기 우리 근처 숲에서 남자아이들이 튀어나왔다. 그늘에 숨어 있다가 그냥 모습을 드러낸 것 같았다. 몇몇은 아담보다 키도 크고 나이가 많았으며 근육은 우람했고 얼굴에는 의기양양한 미소가 서려 있었다. 덴버만큼 작은 아이들도 몇 있었다.

“아악.”

내가 땅으로 푹 고꾸라지면서 소리를 내질렀다. 내 주위로 먼지 구름이 일었다. 남자아이 하나가 지나가면서 나를 확 밀쳤다.

"미안하다, 산 쓰레기야."

그 아이가 키득거렸다. 고개를 들어보니 그 아이는 자기 앞길을 막는 다른 아이들도 밀치며 가고 있었다. 그 아이의 목소리와 허리에 찬 칼을 보고는 심장이 얼어붙는 것 같았다. 아너 텀브럴이다. 옷이 하도 많아서 자기 옷은 못 알아볼 것이다.

나는 분노와 흥분 사이의 감정으로 땅에서 벌떡 일어서서 나도 거칠어지겠다고 결심했다. 아담이 내민 손을 내치고, 아너와 내 몸집의 두 배나 되는 다른 아이들을 모두 밀치고 지나갔다. 나는 오늘 이 엄청난 돈을 챙길 것이다. 어떻게 해야 하는지를 알아내기 위해서는 앞줄에 있어야 했다.

"움직여!"

두 명의 수호자들이 소리쳤다.

'너무 쉽잖아. 나도 들어왔어!'

나는 초조하게 숲을 둘러보았다. 왜 고아가 필요한 걸까?

나는 두려움을 꿀꺽 삼켰다. 무릎이 서로 부딪히는 것을 아무도 보지 못하기를 기도했다.

공터 중앙에는 나무로 만들어진 작은 무대가 있었고, 무대로 올라가는 계단도 있었다. 우리는 모두 천천히, 조금씩 밀면서 그 무대 쪽으로 모여들었다. 수호자 몇몇이 무대 가장자리에 서 있었고, 더 많은 수호자들이 공터 바깥쪽으로 빙 둘러서 있었는데 모두 허리춤에 칼을 차고 있었다.

아담이 자기 친구들을 부르는 소리가 들렸다.

"와일더! 코너! 니코! 여기야."

'끝내주게 고맙다, 아담.' 내가 속으로 생각했다. 모두 나도 학교에서 알던 아이들이다. 나는 모자를 눈 바로 위까지 끌어내려서 내 정체가 탄로 나지 않게 했다.

"아너 텀브럴이 왜 여기 있어?"

와일더가 말했다.

"탄광에 있는 애들만 하는 거 아니었어?"

코너가 고개를 저었다.

"남자애들은 다 가지고 있었어. 산에 살든 계곡에 살든. 저기 안경 쓰고 있는 애도 아직 탄광에는 온 적 없어."

아너와 그 무리들은 그 조그만 아이를 놀리고 비웃었다. 아이는 아너 무리를 무시했다. 하지만 무시하자 아너 무리가 더 심하게 놀려 댔다. 그럴수록 아이는 어깨를 쫙 펴고, 안경을 위로 올리고, 무대 쪽 정면만 뚫어지게 봤다. 아너가 소리 내서 웃었다.

숲에서 괴수가 튀어나와서 아너의 저 거들먹거리는 표정을 싹 걷어 갔으면 싶었다. 아너 텀브럴의 코가 납작해지는 꼴을 보는 게 엄청난 돈을 얻는 것보다 더 좋을 것 같았다.

아담이 내 옆에 섰다.

"램블 씨."

아담이 인사하듯 자기 모자를 살짝 들어 올리며 작게 말했다.

"페이튼 씨."

내가 고개를 끄덕였다.

쿵. 쿵. 쿵. 누군가 무거운 걸음으로 무대 뒤에서 올라왔다. 아이들이 흥분해서 다들 "쉿, 쉿!" 했다.

한 남자가 무대 위로 성큼성큼 걸어왔는데 반짝거리는 검은 장화가 우리 눈높이에 있어서 제일 먼저 눈길을 끌었다. 검정 승마 바지를 그 장화 안에 욱여넣었고, 값비싼 자주색 벨벳 코트는 몸에 꼭 맞았다.

그는 천천히 무대를 가로질러 와 눈을 반짝이며 우리를 쭉 둘러봤다. 그러고는 미소를 지었는데 물론, 치아도 가지런하고 새하얬다. 관자놀이만 살짝 은발이고 나머지는 새까만 머리 때문에 책에 나오는 왕자나 해적처럼 보였다.

"모티머 굿이야."

아담이 속삭이자 내 눈썹이 모자가 들릴 만큼 높이 올라갔다.

"진짜?"

아담이 고개를 끄덕였다.

모티머 굿. 산과 계곡의 수호자 수장. 나는 늘 모티머 굿을 거대한 저택에 있는 구리 탑에서 동전을 세는 괴팍한 늙은 영감태기로 상상했다.

"확실해?"

아담이 다시 고개를 끄덕였다.

모티머가 나를 포함해 공터에서 기다리고 있는 남자아이들을 훑어 보면서 활짝 웃었다. 모티머 굿을 싫어해야 하는 게 맞았다. 그가 수호자의 우두머리라면 아이들이 다운 빌로우로 가는 것을 알고 있을 테니까. 우리 아빠처럼 직장을 잃고, 목소리와 시력, 그리고 삶을 잃은 사람들에 대해서도 다 알고 있을 테니까. 그런데도 한편으로는 그를 알고 싶고, 그와 가까워지고 싶었다. 어쩌면 좋은 인상을 남기고 싶었는지도 모르겠다. 어쨌든 바로 이 사람이 괴수를 제일 많이 무찌른 사람이었다. 그는 영웅이었다. 전설이었고!

모티머가 두 팔을 활짝 벌렸지만 할머니들이 우리를 안아 주려고 팔을 벌리는 그런 느낌은 아니었다. 마치 어떤 쇼를 하려는 듯했다.

"환영합니다, 용감한 신사 분들."

굵직한 목소리에 나는 달아오르는 것 같았다. 그 사람의 목소리는 엄마의 감기약에 있던 달빛 같았다.

"운명이 오늘 여러분 중의 몇몇을 기다리고 있습니다. 여러분 중에서 겁이 없는 사람을요. 여전히 꿈을 꿀 만큼 용감한 사람을요."

깜빡깜빡, 주머니 안의 스타패치가 깜빡거렸다.

쿵쾅쿵쾅, 심장이 두근거렸다.

내 심장은 여기, 진정한 모험이 있는 곳에 있다는 것을 깨달았다. 내가 그 용감한 사람들 중 하나다!

비가 부슬부슬 내리기 시작하더니, 물방울이 숲으로 톡톡 떨어졌다. 우리의 얼굴로 흘러내렸다. 우리는 흥분 상태였다.

"여러분도 알겠지만, 저는 모티머 굿입니다."

남자아이들이 환호성을 질렀고, 손뼉 치는 아이들의 손에서 물이 튀었다. 모티머가 인자한 미소로 환호성을 잠재웠다.

"수년 전 여러분이 태어나기도 전에 먼지가 덮쳐서 별들을 완전히 가려 버렸습니다. 한때 우리가 알았던 그 마법은 우리 산에서 사라져 버린 것 같았죠. 하지만 우리는 산을 뚫고 길을 냈습니다. 그리고 여러분 모두가 삶을 지속할 수 있도록 도왔습니다."

그는 잠시 멈춰서 숨을 들이마시고, 우리를 자랑스러워하는 부모님처럼 우리를 둘러봤다.

"그런데 지금 우리의 생계가 또다시 위협받고 있습니다. 그래서 여러분이 제가 모집하려는 특별한 팀이 되었으면 합니다. 위험한 미션이 여러분 앞에 놓여 있지만 성공하게 되면 여러분의 마을만 구하는 것이 아닙니다. 여러분의 가족과 여러분 자신을 구하게 될 겁니다. 오늘, 모든 것이 바뀔 겁니다."

더 많은 환호가 일었다. 환호와 함께 물결치는 활력과 희망이 느껴졌다. 나도 여전히 겁이 나긴 했지만, 가슴에는 기쁨이 차올랐다.

하지만 아담은 환호하지 않았다. 안경을 쓴 조그만 남자아이도 마찬가지였다. 다른 아이들처럼 흥분하지는 않았지만, 그 아이들도 모티머 굿에게 압도되었다고 장담한다. 우리 모두가 그랬다.

바로 그 순간 우리 위에 있는 나무들이 눈에 들어왔다. 앙상한 나뭇가지들이 서로 얽혀 있었고 나뭇가지의 그림자는 땅에 거미줄처럼 드리워졌다. 그리고 그 위에 우리가 서 있었다. 이제 우리는 모두 모티머 굿의 별처럼 반짝이는 거미줄에 갇혔다는 것을 알아차렸다.

8장

모험

모티머 굿은 우리를 내려다보며 자랑스럽게 미소를 지었다. 보슬보슬 내리는 비 때문에 오히려 그가 더욱더 신비하고 잘생겨 보였다. 이런 부류의 사람이 방으로 걸어 들어가면 모두가 그를 보려고 몸을 돌린다.

"여러분의 아버지와 어머니들은 여러분을 위해서 힘들게 산에서 채굴하며 삶을 꾸려 오셨습니다. 하지만 그들이 구해오는 금이 이제 바닥나고 있습니다. 이제는 충분한 양을 못 찾고 있습니다. 물론, 잊힌 산에서만 금을 구할 수 있는 건 아닙니다."

그의 말이 맞다. 우리 모두 그 노래를 알고 있다.

"우리는 늘 그 산에 올라가는 건 너무 어렵다고 생각했습니다. 하지만 정상까지 가는 다른 방법이 있습니다. 그리고 그건 꿈꾸는 용감한 사람들, 여러분 같은 사람들이 시작합니다."

모두가 믿을 수 없어서 숨이 턱 막혔다. 보아하니 아담도 똑같은 생각을 하는 것 같았다. 모티머 굿이 미쳤다고. 그 산들에 오를 수 있는 방법은 없다. 가는 길에 마주하는 먼지 구름을 피할 수 있는 방법이 없다. 모티머가 우리를 보고 미소 지으면서 말했다.

"소년들이여, 저도 압니다! 물론, 여러분이 걱정하는 것도 이해합니다. 하지만 꼭대기까지 갈 수 있는 방법이 있습니다. 그것에 대해서는 의심하지 마십시오. 저는 오히려 여러분이 그럴 능력이 있는지 궁금하군요."

공터에 둘러서 있던 수호자들이 우리 가운데로 와서 긴 밧줄을 나눠 줬다. 남자아이들이 그것을 잡으려고 서로 밀쳤다. 아담은 내게 먼저 하나를 주고 자기 것을 잡았다. 나를 배려해 주는 짓을 그만했으면 싶으면서도 고마웠다. 손에 쥔 밧줄은 볏짚처럼 까칠까칠했다.

"이건 왜 주는 거야? 잡고 올라가는 건가?"

내가 긴장해서 침을 꼴깍 삼키며 물었다. 사다리를 타고 우리 집 다락을 올라가는 것도 한손으로는 힘들다.

"모르겠어. 대체 뭐지……."

모티머의 눈이 자부심 같은 걸로 빛났다.

"소년들이여, 산을 오를 수 있는 방법이 있습니다. 여기 서쪽 숲에 숨어 있습니다. 오늘 여러분의 미션은 그것을 잡아서 이곳으로 데려오는 겁니다. 쉬운 일은 아니지만 오늘, 여러분 자신을 증명해내면, 여러분은 우리 산 역사에 새로운 장을 열게 될 겁니다."

그것을…… 잡는다니. 좀 전에 들었던 비명, 그때 숲속에서 들었던 것과 똑같은 비명이 생각났다. 어깨가 뻣뻣해지고, 가슴속에서는 경고하듯 심장이 두방망이질 쳤다.

"아담."

내 입에서 다급하게 그의 이름이 튀어나왔다.

"괴수들 말하는 거야? 우리가 괴수를 잡는 거야?"

대답이 없어서 아담의 얼굴을 슬쩍 보니 아주 창백했다. 아담도 나와 같은 생각이었다. 주위에 있는 아이들의 절반이 토할 것 같은 표정이었다. 나머지도 모티머 굿에게 소리쳐 질문했다.

"우리가 뭘 잡는 거예요?"

"어떻게 잡는 건데요?"

숲속에서 그것과 대면할 생각을 하니 귀에서 희미하게 으르렁거리는 소리가 들렸다. 어떻게 생각하면 딱 맞는 것 같았다. 부모님들은 말을 타고 별이 가득한 하늘을 날았고, 우리는 괴수를 타고 먼지 속을 난다는 게.

모티머가 우리에게 조용히 하라는 뜻으로 손을 들어 올렸다.

"진정한 용기는 불확실한 데서 오죠. 곧 알게 될 겁니다."

"우리가 얻는 건 뭐죠?"

키 작은 남자아이의 말에 아이들이 조용해졌다. 목소리는 전혀 작지 않았기 때문이다. 건방지거나 성난 목소리는 아니었지만 당당했다.

"전단지에는 돈과 관련된 얘기가 있었는데요."

모티머가 활짝 웃었다.

“나는 내가 한 말은 지키는 사람입니다, 신사 분들. 산꼭대기로 올라가는 방법이 될, 그것을 찾아서 여기로 데려오는 사람은 일생일대의 기회를 잡게 될 겁니다. 앞으로 펼쳐질 모험을 감당할 수 있을 만큼 용감하다면 임무를 수행할 때마다 1000페더스워스를 벌게 될 것이고 미션은 산만큼이나 많습니다.”

나는 내가 그냥 보고 있는 게 아니라 뚫어져라 쳐다보고 있다고 느꼈다. 모티머 굿을 빼고는 모든 것들이 흐릿해 보였다. 그는 나의 백일몽을 현실이라고 말했다. 산은 셀 수 없이 많다. 네 번의 미션을 완수하면 4000페더스워스다.

덴버를 구하기 위한 돈을 모두 마련할 수 있고 그러고 나서는 내가 여태 꿈꿨던 것 이상을 벌 수도 있다.

“이 일은 여러분의 새로운 직업이 될 수도 있습니다. 얼마 안 가서 여러분과 여러분의 가족들은 많은 돈을 벌 수 있을 겁니다. 탄광에서 일하는 것보다 훨씬 빨리 가족들을 빚에서 벗어나게 할 수 있겠죠.”

비가 얼굴로 쏟아져서 그의 날카로운 옆모습이 드러났다. 이제 그의 눈은 우리에게서 진정한 기개를 찾아내려는 듯 진지했다.

“소년들이여, 하지만 쉬운 일은 아닐 겁니다. 여러분에게는 꿈을 묘사한 것처럼 들렸겠지만, 그곳으로 가는 길은 위험하고 어렵습니다. 여러분이 원하는 걸 얻기 위해서 여러분의 공포와 대면할 가치가 있는가? 지금 여러분이 결정해야 합니다.”

어떤 아이들은 지체 없이 밧줄을 내려놓고 돌아서서 숲을 떠나 집으로 향했다. 자신을 증명해 보이려다 다치게 되면 어디서도 일을 할 수 없게 되기 때문이다.

모티머가 무대 가장자리에 무릎을 꿇고, 우리들 한명 한명의 귀에 속삭이듯이 말했다. 심장이 쿵쾅거렸다.

"자, 그럼 좋습니다. 여러분은 땅속에서 시간을 낭비하고 있을 사람들이 아닙니다. 하늘이 맞는 사람들이죠. 이제 스스로에게 자신이 진정으로 원하는 게 무엇인지 물어보세요. 열심히 하면 가질 수 있습니다. 오늘부터 시작입니다."

나는 내가 원하는 것을 잘 알고 있다. 덴버의 안전이다. 상황을 바로잡을 충분한 돈이다. 우리 모두에게 짙게 드리운 빚의 그늘을 몰아내고 싶다. 영원히. 그러고 나면 덴버는 진짜로 거침없고 자유롭게 자랄 것이다. 나는 모험가가 되어 탄광으로 내려가 아빠의 목소리를 다시 찾아서 아빠에게 돌려줄 것이다.

모티머의 수호자들이 다시 우리에게 와서 새빨간 천을 건넸다.

"손목에 둘러."

천을 매는 우리 손이 덜덜 떨렸다. 아담이 물었다.

"대체 이건 뭐야?"

우리에게 대답한 건 그 키 작은 아이였다. 그 아이는 소란한 틈에 우리 쪽으로 와 있었고, 내 팝스냅을 보고는 매는 것을 도와주려고 팔을 뻗었다. 보통 때 같으면 나는 손을 빼냈을 거다. 하지만 그 아이가 너무나 아무렇지도 않게 굴어서 나도 괜찮았다.

“수호자들이 저기서 이야기하는 걸 들었어. 안개 속에서 우리를 찾아야 할 때 쉽게 알아볼 수 있게 하기 위해서래.”

그 아이는 자기 모자를 살짝 들었다가 내리며 인사했다.

“어쨌든, 내 이름은 그리어 서덜랜드야.”

그 아이가 내 얼굴을 봤다가 아담의 얼굴을 흘깃 봤다.

“둘 다 학교에서 봤어. 나는 한 학년 아래야.”

아담과 나는 날카로운 시선을 주고받았다. 그리어는 내가 여자인 걸 안다. 그리어가 아담에게도 빨간 천을 제대로 묶어 주려고 손을 뻗으며 말했다.

“걱정 마. 비밀은 지킬게.”

아담의 손은 내 손보다 더 떨렸다. 아담의 손가락은 너무 가늘고 앙상했다. 탄광이 내 친한 친구를 걸어 다니는 해골로 만들어 놨다.

“둘 다 행운을 빈다.”

그리어의 말에 내가 조그맣게 말했다.

“우리랑 붙어 다녀. 산아이들은 무조건 같이 붙어 다니자, 알았지?”

그리어가 고맙다는 듯이 웃으며 우리 쪽으로 가까이 왔다.

“각자 밧줄을 쥐고 마차에 오른다! 그리고 소년들이여, 위를 보라! 위를! 왜 다들 오늘은 땅을 보고 있는가?”

우리는 모두 그가 시키는 대로 했다. 모두가 거의 동시에. 비가 얼굴로 떨어지는데도 고개를 뒤로 젖히고 나무 꼭대기를 올려다보았다. 우리가 왜 아래를 보냐면, 우리는 어둠 속에 살기 때문이다. 나는 종일 눈을 내리깔고 누군가의 바닥을 내려다보고, 누군가의 변기를 문질러 닦고, 짜증나는 파우더 케이크를 밀어내야 할 판에 집중한다. 그렇게 배워서 우리는 늘 아래를 본다.

나는 다른 남자아이들과 함께 마차의 뒤쪽으로 뛰어올랐다. 내 뒤로 아담이 재빨리 오르는 게 느껴졌다. 아담 뒤로는 그리어가 올랐다. 우리 뒤로 콜탑의 아이들이 더 기어올랐다. 흘깃 뒤를 돌아보니 모티머는 여전히 무대에 있었다. 그 옆에는 사람이라기보다는 작은 버섯처럼 보이는 누군가가 있었다. 헐렁한 갈색 옷에 커다란 갈색 모자를 쓴 아이였다. 모티머는 숲으로 떠나는 우리에게 손을 흔들며 활짝 웃고 있었다. 콜탑에서 희망에 가득 찬 눈을 한 사람은 처음 보았다.

비가 물결치며 우리에게 몰아쳤다. 우리 주위로 연무가 자욱하게 피어올라 다른 마차들이 하나도 보이지 않았다. 나뭇잎에 떨어지는 빗소리와 마차의 삐걱거리는 바퀴 소리만 들렸다. 언덕을 넘고 온갖 늪지와 골짜기를 지나 수 킬로미터에 걸친 서쪽 숲을 달렸다. 가는 동안 수많은 길이 있었고, 마차들은 그 길을 따라 어둠 속으로 각자 흩어졌다. 소문에 의하면, 이 숲은 사람들이 숲에 머물렀으면 하는지 떠났으면 하는지에 따라 어떨 때는 숲이 스스로 길을 만든다고 했다.

마차를 몰던 수호자가 고삐를 놓고 할아버지처럼 자상하고 친절한 얼굴로 뒤를 돌아봤다.

"여기서 내린다, 얘들아. 행운을 빈다."

그러고 나서 검은 장갑을 낀 손이 내 셔츠를 그러잡아 나를 땅으로 내동댕이쳤다. 미처 숨을 고르기도 전에 다시 거칠게 밀쳐져 가파른 언덕을 따라 내려갔다. 안개가 너무 짙어서 얼마나 멀리 떨어질지 가늠도 안 됐다. 숨을 헐떡이며 뭐든 잡으려고 안간힘을 썼다. 하지만 장화와 손가락은 계속해서 매끈한 진흙 속으로 미끄러졌다.

"몰-"

아담이 겨우 정체를 숨기고 있는 내 이름을 말할 뻔했다. 저 멍청이. 하지만 아담의 목소리가 갑자기 사라져 버렸다. 그러자 적막이 내 가슴을 치는 것 같았다.

"아담!"

내가 소리쳐 불렀지만 아무것도 보이지 않았다. 아무도 보이지 않았다. 들을 수 있었던 유일한 대답은 비명이었다.

9장
생명체

아담의 비명이 아니라는 것이 작은 위안이었다. 비명이 다시 내 귀를 채워서 소리를 듣지 않으려고 팔뚝으로 머리를 감쌌다.

안개 속, 가까운 어딘가에서 발자국 소리가 탁탁 났다.

"저, 저기요?"

내가 겨우 입을 뗐다. 누군가의 손이 내 손을 건드릴 거라고 생각하면서 차가운 안개 장막으로 손을 뻗었다.

"으악!"

나는 앞으로 비틀거리며 나무뿌리에 걸려 넘어졌다. 두 팔을 뻗어 몸을 감싼 채 키 큰 나무의 축축하고 미끄러운 나무껍질에 쿵 하고 부딪혔다. 나는 나무에 붙어 최대한 몸을 작게 웅크렸다. 우리는 절대 괴수를 잡지 못할 것이다. 하지만 잡게 된다면? 나보다 괴수들이 먼저 나를 발견한다면? 나는 아빠가 늘 손을 앞으로 내밀고, 손을 뻗어서, 자기가 너무나 잘 알던 세상을 낯설게 걷는 모습을 떠올렸다. 그러고 나서 탄광에서 더 깊이 기어 내려가면서 덜덜 떠는 덴버의 모습을 그려 보았다.

"덴버를 기억해."

덴버는 내 마음이 어두운 곳에 있을 때에도 늘 내게 용감한 작은 빛이 되어 주었다. 가끔씩은 슬픔이 나를 숨 막히게 했다. 내 심장과 폐를 눌러 숨 쉬기가 힘들었다. 하지만 덴버는 늘 그곳에서 나를 꺼내 주었고, 기쁨을 선택할 것을 상기시켜 주었다.

"덴버."

내게 용기를 주는 동생의 이름을 불러 보았다. 동생을 안을 때, 턱에 느껴지던 민들레 같은 머리칼의 느낌을 생각했다. 동생을 내 쪽으로 끌어당기고 책을 읽어 줄 때, 동생의 온기를 생각했다.

"덴버."

그리고 그때 그 소리가 또다시 들렸다.

탁. 쩍. 그리고 나뭇잎 위로 휙 움직이는 소리. 스르륵

미끄러지는 소린가? 폐에서 공기가 다 빠져나오는 것 같았다. 다리에 힘이 풀려서 주저앉을 것 같았다. 또다시, 내 쪽으로 다가오는, 발자국 소리.

나는 도망쳤다. 아니 적어도 도망치려고 했다. 크게 한 걸음 뛰고는 너무 두꺼운 먼지 벽에 부딪혔다. 눈이 엄청 따가웠고 목도 아팠다. 좀 더 좋은 공기를 마시려고 먼지 속을 허우적대며 나아갔지만

작은 먼지 알갱이가 얼굴에 달라붙었다.

나는 절대 빠져나갈 수 없을 것이다. 이곳엔 나밖에 없다. 나는 길을 잃었고, 이제 끝장이다. 나는 잊힐 것이다.

“누구 없어요?”

나는 눈을 가늘게 뜨고 앞쪽의 안개를 보았다. 아무 대답이 없었다. 이제는 사람인지 동물인지 모를 그것이 내 주위로 넓게 원을 그리면서 계속 움직였다.

느릿느릿한 걸음. 질질 끄는 발자국.

‘제발 다른 아이이기를.’

그냥 넘어지면서 다친 누군가이기를.

“아담?”

절대 아담이 아니라는 걸 알면서도 물었다. 아담이라면 금세 나를 알아봤을 거다. 아담이 가까이 있었다면 소리쳐 불렀을 거다.

“거기 누구예요?”

내가 물었다. 숨이 기침처럼 터져나왔다.

이번에는 대답이 있었다. 내 질문에 대한 대답은 기쁨에 차서 길고도 느리게 쉭쉭거리는 소리였다. 나는 달렸다. 나무뿌리와 검은딸기나무들을 뛰어넘었다.

장화가 쿵쿵거렸다. 근육은 타는 듯 했다. 뭔지는 몰라도 이 저주받은 숲에서 나를 따라오는 것으로부터 벗어나려고 비탈을 미끄러지며 나는 마구 달렸다. 팝스냅이 빠져서 굴러가는 게 느껴졌다. 안 돼!

내가 가진 것 중 최고로 좋은 것이었지만 그걸 찾기 위해 멈출 수가 없었다. 나는 그늘이 짙게 드리워진 나무숲으로 정신없이 달려들었다. 나는 쿵 하는 소리와 함께 땅으로 도로 떨어졌다. 엄마가 용납하지 않을 점잖지 못한 소리가 터져 나왔다.

이제 달리기에는 너무 지쳤다. 나는 벌떡 일어나 내가 가진 밧줄을 괴수들이 볼 수 있게 위로 높이 치켜들었다. 또다시 발소리가 들렸고 뭔가가 내가 볼 수 없는 짙은 안개 속에서 나를 몰래 따라와 한 번 더 나를 둘러싸고 돌았다.

그런데 내가 눈을 깜빡이지 않자 뭔가가 보였다. 연한 노란색 안개가 땅 가까이에서 빙빙 돌고 있었다. 바로 저기. 먼지가 아주 자욱한 그곳에.

스스스스스 쉭쉭거리는 소리에 나는 두려움으로 가득 찼다. 뱀 같은 것이 내 가까이에 있었다. 그리고 바로 그때, 보았다! 땅 쪽 가까이에 있는 노란색 두 눈을. 가운데 검은 실선이 있는 반짝반짝 빛나는 노란색 두 눈을. 그 눈이 내게 고정되어 있었다. 눈이 아주 약간 기울어져 있어서, 심지어 웃고 있는 것처럼 보였다. 아주 기쁘게.

나는 나무에 등을 대고 땅바닥에 주저앉았다. 얼굴로 식은땀이 떨어졌다. 온몸이 심하게 덜덜 떨렸다. 여기서 절대 빠져나가지 못할 것이다. 서쪽 숲에서 빠져나가지 못할 것이다. 엄마와 아빠와 덴버에게 그들을 얼마나 사랑하는지도 직접 말하지 못할 것이다.

"덴버, 사랑해."

내가 속삭였다. 그 말이 꿈처럼, 스타패치처럼 덴버에게 날아가서 나를 생각하며 영원히 간직할 수 있게 되기를 바랐다.

갑자기 내 위쪽의 공기가 거세게 펄럭거리며 흩어졌다. 이불이 바람에 펄럭이는 것 같은 소리가 났다. 엄청 거대한 이불이.

쿵. 뭔가가 땅으로 내려앉자 내 주변의 땅이 온통 흔들렸다. 분명히 말이 거칠게 히힝거리는 소리가 났다. 제정신이었다면 이 일이 기적처럼 느껴졌을지도 모른다. 잠깐 본 말은 안개 속에서도 빛이 났다. 씰룩거리며 움직이는 엉덩이 근육이 은은하게 빛났다. 검정색에 흠치르르 윤기가 흘렀다. 회색 발굽은 내 머리보다도 컸고, 머리통을 부숴 버릴 것 같은 힘으로 쿵쾅거렸다.

말은 그것을 발로 밟으려고 했다. 그것의 일부가 보였다. 꼬리를 안개 속에서 휙휙 휘저었고 사악해 보였다. 날카로운 비늘로 덮인 괴수는 크기도 말만큼이나 컸다. 괴수가 비명을 질렀다. 나는 귀를 막았다. 몸은 땅에 바짝 붙였다. 말이 뒷다리로 일어섰다가 앞발굽으로 땅을 쾅 내리쳤다. 말도 소리를 질렀는데, 실로 엄청난 포효였다. 괴수가 숲속으로 스르륵 미끄러져 도망가 버렸다. 끈적끈적한 꼬리를 흔들며 내 발목을 스칠 듯이 지나갔다.

숲이 고요해졌다. 하지만 나는 떨면서 누워 있었다. 얼굴을 볼 수는 없었지만, 말이 나를 보고 있는 게 느껴졌다. 하지만 이제 말의 모습을, 거대한 근육질의 몸을 좀 더 볼 수 있었다.

"고마워."

말이 내게 다가왔지만 이번에는 지진이 나는 듯한 발자국 소리가 나지는 않았다. 발소리는 부드럽고 다정한 천둥 소리 같았다.

아주 천천히 말이 발굽을 들어 아직도 밧줄을 꼭 쥐고 있던 내 손을 톡톡 건드렸다. 나는 밧줄을 힘껏 내던졌다. 얼마나 세게 쥐고 있었던지 손이 쓰라렸고 손바닥에 길게 물집이 잡혔다. 나는 차가운 진흙에 손바닥을 펴서 댔다. 상처에 흙이 좋지 않은 건 알았지만, 그만큼 절박하게 조금이라도 아픔을 덜고 싶었다.

시원하고 말랑말랑한 말의 코가 얼굴에 느껴져서 나는 움찔 놀랐다. '이제 일어나. 괜찮아.' 이렇게 말하는 것 같았다.

말의 코를 만져보려고 손을 뻗는데 손이 떨렸다. 얼굴은 담요처럼 아주 부드러웠다. 이렇게 크고 순한 말은 본 적이 없었다. 나는 여전히 넋이 나간 채로, 천천히 일어나 앉았다.

"구해 줘서 고마워."

말이 짧은 입맞춤을 하듯 코로 내 이마를 툭 건드렸다. 그러고는 뒤로 몇 걸음 물러서서 나를 따라오라는 듯이 머리를 아래위로 흔들고는 언덕을 빠른 걸음으로 내려갔다.

'이게 바로 내가 타야 하는 거야.' 그런 생각이 번개처럼 스쳤다. 야생마를 타고 위험한 산에 올라가는 것이 괴수를 타고 가는 것보다는 쉬울 것이다. 말을 따라갔더니, 헐벗은 나무들이 둥그렇게 모여 있는 곳에서 말이 풀을 야금야금 뜯어 먹고 있었다.

내가 가까이 다가가자, 장막이 걷히는 것처럼 땅에서부터 안개가 서서히 걷혔다. 나무 꼭대기까지 안개가 걷히자 마침내 나를 구해 준 생명체의 전체 모습을 볼 수 있게 되었다. 회색 말발굽. 윤기 나는 검정 털에 엉덩이에는 별처럼 빛나는 하얀 점이 있었다. 너무 놀라서, 한 번도 내 본 적이 없는 그런 소리가 낮은 비명처럼 폐에서 터져 나왔다. 나는 눈을 꼭 감았다. 틀림없이 꿈이야. 이 모든 게.

한쪽 눈을 뜨고 다른 쪽도 떴다. 너무 충만한 기쁨에 숨이 막힐 정도로 나는 압도당했다. 보통 말이 아니었기 때문이었다.

이 말은 날개가 있었다. 검정색 날개를 몸에 딱 붙이고 있었다.

스타버드였다. 이야기에 등장하던 바로 그 말이었다. 잠시간 나는 내가 너무 간절히 바라서 헛것을 보는 게 아닌가 싶었다. 사람들은 스타버드가 사라졌다고 했다. 수년 동안 돌아오지 않았다고 했다. 이런 먼지 아래서, 여기서 더 이상은 살 수 없다고 했다.

나는 가까이 갔다. 또 한 걸음 더 다가갔다. 말이 씹던 것을 멈추고 조심스럽게 나를 봤다.

"만져 봐도 돼?"

나는 손을 뻗어서 날개에 달린 깃털을 만져 보았다. 가죽으로 만든 장식 술 같았다.

'내가 하늘을 나는 말을 만지고 있어. 스타버드를!'

"너는 원더와우해."

사실 이런 단어는 없다. 나는 '원더풀'이라고 말하고 싶었고 '와우'라고 말하고 싶었는데, 너무 행복해서 그 말들이 함께 뭉개져서 나왔다. 하지만 딱 맞는 말이었다. 가족들에게 '스타버드가 돌아왔어요!' 라고 말해 주고 싶어서 참을 수가 없었다.

스타버드가 돌아온 거라면 다른 걸 의미할 수도 있었다.

말이 돌아와서, 빛도 돌아왔다면? 먼지가 조금씩 밀려나가고 있는 거라면? 모두를 탄광에서 영원히 꺼낼 수 있다면? 순전히 나를 보라고, 말이 뽐내듯이 고개를 들고 커다란 날개를 활짝 폈다.

나는 뒤로 물러서다가 나무뿌리에 걸려서 땅바닥에 쿵 하고 엉덩방아를 찧었다. 말이 힝힝거리는 소리는 흡사 웃음소리 같았다.

이것이 모티머가 말하던 산꼭대기로 가는 방법이어야 했다. 모티머는 스타버드가 돌아온 걸 어떻게 알았을까?

"나는 몰리 램블이야."

내 목소리에 말이 커다란 갈색 눈으로 나를 찬찬히 보았다.

그러고 나서 내게 자신을 소개하듯이 고개를 숙였다. 그래서 나도 일어서서 다리를 살짝 구부려 인사했다. 그러고 나서 더 가까이 기대서서 내 얼굴을 말의 얼굴에 갖다 댔다.

"네 도움이 필요해. 우리가 이제 막 만났고, 엄청난 부탁이라는 것도 알아. 그런데 하려고만 하면 네가 날 도와줄 수 있을 것 같아."

나는 침을 꿀꺽 삼켰다.

"나랑 같이 가 줄래?"

왼손을 갈기에 가만히 내려놓아도 말이 갑자기 멈추거나 하지 않았다. '침착하게' 라고 속으로 말했다.

"이쪽으로 갈까?"

말이 내 옆에서 천천히 걷기 시작했다. 보조를 맞춰서. 꼭 친구처럼.

숲은 평상시보다 더 조용한 것 같았지만 무서운 느낌은 아니었다. 경건한 느낌이었다. 마치 숲에 있는 모든 새들과 나무에 있는 모든 생물들이 걷고 있는 이 존재가 희귀하고도 마법적인 생명체라는 것을 알고 있는 것처럼.

이제 우리는 공터 가까이에 왔다. 불과 몇 분 전이 한참 전처럼 느껴졌다. 하지만 앞쪽은 소리치는 목소리로 소란스러웠다. 말들이 힝힝거렸다.

모티머의 공터로 들어서기 전에, 나는 나무 그늘에서 잠시 멈췄다. 말도 멈췄다. 본능적으로 공터로 들어서기 전에 현재 상황을 살펴야 할 것 같은 생각이 들었다. 아이들의 수가 현저히 줄어 있었다. 틀림없이 더 많은 아이들이 숲에 떨궈 주자마자 집으로 달려가 버린 모양이었다.

바로 아담이 눈에 들어와서 안도했다. 아담은 은색 날개가 달린 황갈색의 말 옆에 서 있었다. 베이고 다치긴 했지만 그 외에는 괜찮아 보였다. 모자나 스카프를 잃어버리지도 않았다. 그의 친구들, 니코, 코너, 와일더도 마찬가지였다. 그들 중 누구도 자신의 말을 타고 있지 않았지만, 그 아이들의 말도 내 말처럼 모두 차분했다. 니코는 밧줄로 굴레를 만들었는데 말은 개의치 않는 것 같았다. 아담이 미친 듯이 숲을 두리번거렸다. 나를 찾고 있었다. 아너 텀브럴을 포함한 이십여

명 정도가 남았고, 우리는 모두 야생 스타버드를 갖고 있었다.

남자아이들은 스타버드에서 눈을 떼지 못했다. 남자 어른들도 마찬가지였다. 코너가 자기 말의 날개를 만지려고 살며시 손을 뻗었다. 말이 마치 허락한다는 듯이 고개를 들었다 내렸다 했다.

이것을 보고 수호자 하나가 가까이 다가오더니 코너와 똑같은 방식으로 손을 뻗어서 날개를 느껴보려고 했다. 그러나 말이 낮게 으르렁거리며 발을 구르고 겁을 줘서 쫓아 버렸다.

안경 쓴 작은 남자아이, 그리어가 숲에서 말을 데리고 걸어 나왔다. 그 아이도 밧줄을 사용하지 않고, 말의 다리에 손을 다정하게 올려놓고 있었다. 그의 스타버드는 흰색에 회색 점이 있었다.

"잘했다, 친구!"

모티머가 그리어에게 소리쳤다.

내 말이 발굽으로 땅을 쾅 하고 치자, 엄청난 소리가 났다. 말이 나를 어둠에서 끌어내 공터 중간으로 데려갔다. 나는 말 옆에 바짝 붙어서 따라갔다. 사람들의 눈이 커다래져서 내 말과 나를 뚫어지게 쳐다보았다. 입을 떡 벌린 채.

"세상에. 이 여자애가 큰 말을 잡았어."

수호자 한 명이 비틀비틀 내 앞으로 나섰다.

"뭐라고요?!"

아너 텀브럴이 그의 말을 당기려고 애쓰며 소리쳤다.

"여자라고 했어요? 여자애들이 하는 거 아니잖아요."

그러고는 몸을 홱 돌려서 나를 봤다. 그의 얼굴은 화가 나서 벌겋게 달아올랐다. 눈은 분노로 번득였다.

"특히 저 여자애는요."

나는 아담의 눈을 보았는데, 오늘 본 눈빛 중 가장 공포 어린 눈빛이었다. 내가 내쳐질까 봐 겁을 먹었다. 아담이 내 머리카락을 보고 있었다. 전단지에 있던 규칙을 따르지 않았다는 명명백백한 증거.

지금까지 나는 모자가 날아가 버린 것도 모르고 있었다. 숲속 어딘가에서 잃어버렸겠지. 땋은 머리가 다 풀려서, 길고 짙은 색의 머리가 사방으로 뻗쳐 내려와 있었다. 모든 남자아이들이 나를 뚫어지게 쳐다봤다. 몇몇은 내가 여기에 있어서 혐오스럽다는 듯이 봤고, 몇몇은 내 오른쪽에 팝스냅이 붙어 있지 않아서 호기심에 차서 쳐다봤다. 하늘을 나는 말보다 그게 더 대단한 일이라는 듯이. 그리고 아너 같은 몇몇 아이들은 나를 차갑게 째려봤다.

"몰리 램블이에요."

아너가 내 이름을 툭 내뱉었다.

"계곡에서 일하는 가정부죠. 더러운 산 여자애라고요. 여기서 쫓아내요! 이건 규칙 위반이에요!"

"전단지에서는 용감한 젊은 남자만 된다고 했어요!"

잘난 척하는 아너의 친구 하나가 소리쳤다.

"모두 진정하도록."

모티머의 목소리는 차분했다. 모티머는 내 뒤에, 생각보다 더 가까이에 있었다. 목덜미의 털이 삐쭉 섰다. 내 말과 나는 그를 보려고 뒤로 돌았다.

모티머가 나를 뚫어지게 쳐다봐서, 결정을 하느라 속으로 나를 평가하고 있는 건지 궁금했다.

"패기 있는 젊은 남자아이는 아니다. 하지만 분명히 용감해 보이긴 하는군."

모티머가 마침내 말하자 나는 참고 있는지도 몰랐던 숨을 내쉬었다.

모티머는 내 오른팔은 쳐다보지도 않았다. 단 한 번도.

내 긴 머리카락도 쳐다보지 않았다. 그 사람은 나를, 진정한 나를 보고 내가 충분히 할 수 있다고 여기는 것 같았다.

"어쨌든 내 계획은 이렇다. 내가 말한 대로 하도록. 자 환영한다, 몰리 램블."

그리고 나는 그 무엇보다도 확실히, 이것이 어떤 어마어마한 일의 시작이라는 것을 알았다.

10장
경기의 규칙

"모두 진정하도록."

모티머가 우리에게 말했다.

"스타버드도 당연히 다른 말들과 같다. 말들은 여러분의 감정을 느낀다. 여러분이 무서워하면 말들도 무서워할 것이다."

진정하라니. 어떻게 이런 상황에서 진정할 수 있단 말인가? 내 주위의 남자아이들도 모두 똑같이 느끼는 게 분명했다.

"저는 여전히 이건 공정하지 않다고 생각합니다."

아너가 투덜댔다.

"사실 이게 더 공정한 거 아닌가?"

모티머가 아너에게 물었다.

"인생에서 알아 둬야 할 중요한 교훈을 하나 알려 주지, 젊은 남자 친구들. 그리고 여성분도."

모티머가 나를 보고 고개를 까딱했다.

"규칙을 만든 사람이 규칙을 바꿀 수 있다는 거다. 내가 이 규칙을 만들었고 내가 바꾸기로 했다. 자, 이제 솔직해지지. 전단지에서는 고아를 선호한다고 했다. 여러분 중에 고아가 몇이나 있나?"

남자아이들이 서로를 흘깃거렸다. 겨우 몇 명이 손을 들었다. 나는 눈을 가늘게 뜨고 아너가 거짓말을 하지는 않나 지켜보며 기다렸다. 하지만 아너는 더 꼿꼿하게 서서, 칼을 움켜쥐고, 입을 꽉 다물고 나를 쏘아보고 있었다. 그의 말이 불쌍했다. 모티머가 미소를 지었다.

"나는 이 미션이 무척 위험해서 고아들을 원했다. 고아들이 가장 겁이 없을 것이라고 생각했거든, 잃을 게 없으니까. 내가 여러분, 남자아이들이 얼마나 용감한지를 과소평가한 거 같다."

그가 다시 내 쪽으로 돌아섰다.

"그리고 확실히, 잊힌 산의 여자아이 능력도 과소평가했다."

내 안에서 다시 자긍심이 솟구쳤다. 엄마와 아빠가 이 장면을 봤으면 싶었다. 덴버도 이 장면을 봤으면.

모티머는 그리어의 말로 걸어가 점이 난 엉덩이를 톡톡 쳤다. 모티머가 우리 앞을 지나가는데 나의 말이 코를 힝힝거렸다.

"많은 사람들이 스타버드는 영원히 사라졌다고 믿었다."

모티머가 말의 코를 손가락으로 쓸어내리며 말했다.

"하지만 나는 몇 마리가 아직도 남아 있고 이 숲에 갇혀 있다고 들었지."

그는 다시 빙 돌아서 중앙으로 가서 우리 모두에게 말했다.

"먼지가 들이닥쳤을 때 대부분의 스타버드가 떠나고, 저 끔찍한 먼지 벽 때문에 영원히 길이 막혔다. 그러다가 우리 자원이 다 떨어져 가자 몇몇 말들이 남아 있다는 소문이 사실이라면 얼마나 좋을까 하는 생각을 했다. 수년 전에 이 말들은 우리가 필요할 때 우리를 도왔으니까 어쩌면 다시 도와줄지도 모른다고 생각했지. 수호자들이 수년 동안 이 숲을 정찰했지만 스타버드는 찾기 힘든 생명체였다. 그러다가 문득 이런 생각이 들었지. 모든 아이들이 탄광으로 가고 계곡으로 가서, 그래서 스타버드가 잘 보이지 않게 된 거라면? 아이들이 스타버드를 찾기 위해서 용감하게 숲속의 괴수들에 맞선다면, 스타버드가 아이들을 위해서 올까? 하고 말이다."

그는 숨어 있다 나온 어마어마한 생명체들을 훑어보면서 공터를 빙 돌았다.

"물론, 내가 맞았다. 여러분이 증명했고. 여러분이 숲으로 걸어 들어가니, 말들이 여러분에게 온 것이다!"

'그러다 우리가 괴수한테 잡아먹힐 수도 있었는데.' 라고 생각했다.

"그리고 내 계획의 백미는 여러분이 이 스타버드를 타고 나는 법을 배워서, 우리가 닿을 수 없다고 생각했던 산꼭대기로 가서 금을 가져오는 것이다. 산꼭대기에는 금가루가 두껍게 쌓여 있다. 누군가 수확해 가기를 기다리면서 말이다. 그러고 나면 아마도 탄광은 쓸모없어질 것이다. 아이들을 탄광으로 보내는 건 부끄러운 일이지."

모티머는 계속 말했지만 그의 말은 멀리서 웅웅거릴 뿐이었다. 나는 이 한마디 거친 약속 외에는 어떤 것에도 집중할 수 없었다.

여러분이 스타버드를 타고 나는 법을 배운다.

갑자기 다리가 후들거려서 넘어지지 않으려고 내 말의 옆구리에 꼭 기댔다. 내가 날게 된다고? 어제 아침까지만 해도 바닥을 청소하느라 무릎까지 먼지구덩이에 담그고 있었는데…… 이제 하늘을 나는 법을 배운다고?

모티머가 두 남자에게 신호를 보내자 거대한 천으로 된 태피스트리를 펼쳐서 나무 사이에 걸었다. 태피스트리는 베이지색 바탕에 새까만 색으로 단순하게 산들이 그려져 있는 지도였다. 잊힌 산이 지도의 맨 앞에 있었고, 더 많은 산들이 지도 가장자리까지 멀리 뻗어 있었다.

"자, 여기 여러분이 있다."

모티머가 맨 앞의 산, 잊힌 산의 서쪽 숲을 가리켰다.

"이 숲 너머는 훨씬 더 광대하고 아름답다. 그리고 아주, 아주 마법 같은 산들이 있다. 몇몇 산은 이미 들어봤을 거다. 여기서 멀리 떨어진 곳들은 가 본 사람이 없다. 하지만 모든 산의 꼭대기에는 금가루가 있다. 그건 우리가 알고 있던 사실이다. 여러분의 미션은 간단하다. 그 산으로 날아가서, 금가루를 모아 내게 가져오는 거다. 여러분의 주머니를 금가루로 가득 채워 오면 한 번 비행할 때마다 1000페더스워스를 주겠다."

네 번의 비행. 그러면 모든 빚을 갚을 수 있다!

"여러분이 너무 흥분하기 전에."

모티머가 말을 계속했다.

"금가루를 채취하는 게 여러분 생각만큼 쉽지 않다. 우선 하늘을 나는 말을 타는 법을 배울 거다. 비바람을 다루어야 하고 어쩌면 오늘 여러분이 본 것과 같은…… 생명체들을 감당해야 할 수도 있다. 위험한 먼지 구름에 닿지 않게 하면서 최대한 높이 날아오르는 법을 배워야 한다."

"저는 괴수와 싸울 수 있습니다. 저는 준비된 검객입니다."

아너가 소리쳤다. 나는 코웃음을 쳤다. '준비된 검객이라고?' 나무 막대기를 가진 우리가 칼을 가진 아너보다 훨씬 기술이 낫다는 데 1000페더스워스를 걸겠다. 아너는 자기 그림자하고도 못 싸울 거다.

"그럴 필요가 없기를 바라자. 용감한 기수들이여, 오늘 할 일은 다 했다. 이 모험을 받아들이고 싶다면 내일 일이 끝난 다음에 오도록 해라. 속성으로 비행 수업을 한 뒤에 첫 번째 미션을 시작하겠다."

아담이 자신의 모자를 벗어서 손가락으로 머리칼을 쓸었다. 부끄러워할 때도 빨개지는 법이 없던 아담의 볼이 발갛게 타올랐다.

"속성 연습이라고요? 그런 걸 배우려면 적어도 몇 주는 걸리는 거 아닌가요?"

모티머가 알 듯 모를 듯이 말했다.

"너의 말을 믿는 법을 배우게 될 거다. 말들은 무엇을 해야 하는지 알고 있을 거다. 나도 여기서 너희들을 도울 거고. 우리는 우리에게 주어진 이야기대로만 살 수 있다."

계곡과 산에서 하는 옛말이다. 우리에게 주어진 이야기대로만 살 수 있다는, 그런 식의 생각은 정말 싫었다. 그 말은 마치 바꿀 수 있는 게 아무것도 없다는 것처럼 들린다.

"이제,"

모티머가 숨을 한 번 들이마시고 말했다.

"여러분에게 해 줄 말은 이거다. 나를 위해 날아서 여러분의 마을을 구하라. 그렇지 않을 거라면 여러분이 있던 곳으로 돌아가서 여러분을 구해 줄 사람을 기다리도록."

나는 이를 악물고 다짐했다. 나는 결정을 내렸다.

나는 '하늘을 나는 몰리'가 될 것이다.

숲을 지나 집으로 걸어가는 동안, 나는 오늘 우리가 본 모든 것에 대해서 내내 아담에게 종알거렸다. 나를 쫓아왔던 괴수에 대해서 그리고 내가 내 말을 보고 그 존재를 알아챈 순간에 대해서 떠들었다.

"스타버드라니, 아담! 이게 믿어져? 너 이게 무슨 의미인지 알아? 이 먼지를 뚫을 방법이 있다면 어떻게 되는 걸까?"

계속 말이 없다가 콜탑 승강장에 다 왔을 때쯤 마침내 아담이 말했다.

"서쪽 숲에서 멀어질수록 모든 게 더 꿈만 같아."

아담의 말이 무슨 말인지 안다. 콜탑은 변함없이 똑같아 보였다. 어두컴컴하고 축 처진 소나무들. 나무에 매달린 먼지 방울들. 거리에 부는 더 짙은 회색빛의 먼지.

내일 갔는데 내 말이 없으면 어떡하지?

"뭔가 제대로 된 느낌이 아냐."

아담의 말에 나는 눈썹을 치켜올렸다.

"제대로 된 느낌이 어디 있어. 이런 일에 지침서는 없어. 우리는 곧 하늘을 나는 말을 타고 산꼭대기에 있는 금가루를 채취하게 될 거라고. 이런 게 어떤 기분이어야 하는지 어떻게 알아?"

"아너 텀브럴이나 그 친구들은 땅에서도 믿지 않지만 하늘에선 더 못 믿어. 우리 항상 뒤를 조심해야 해."

"서로 뒤를 봐 주자."

산등성이를 내려와서 기차역을 향해 내려가는데 승강장에서 기다리고 있는 두 사람이 보였다. 매브 할머니와 그리어였다.

"그게 정말이니, 몰리?"

희망이 한계에 달해서 할머니의 목소리가 갈라졌다.

"스타버드를…… 본 게냐?"

"진짜예요."

내가 말했다. 할머니는 잘 우는 사람이 아니다. 하지만 작은 눈물방울이 할머니의 주름진 얼굴로 반짝이며 흘러내렸다.

"믿을 수가 없구나. 물론, 바랐지. 하지만…… 와우."

'원더와우.' 라고 나는 속으로 생각했다.

"엄마한테 말하고 싶어서 못 기다리겠어요."

"안 기다려도 될 것 같아."

아담이 중얼거리면서 북쪽 숲의 경계선을 가리켰다. 엄마가 엉덩이에 손을 올려놓고 서 있었다. 하지만 엄마의 눈은 자랑스러움으로 가득한 게 아니었다. 분노만 가득했다.

11장

해명

내 뒤로 오두막의 문이 쾅 닫혔다. 아빠와 덴버, 허니서클이 모두 소리 나는 쪽으로 고개를 돌렸다. 내가 엄마에게 소리쳤다.

"왜 화를 내시는지 모르겠어요. 좋은 일이잖아요. 기적이라고요!"

"위험한 일이야! 정말 못 말리겠구나! 텀브럴 집에서 너를 찾으러 하인을 보냈을 때 내 심정이 어땠을 것 같니?"

덴버가 어리둥절해서 고개를 갸우뚱했다.

"누나가 계곡에 안 갔어요?"

"안 갔어. 서쪽 숲에 갔어."

내 말에 덴버의 눈이 커다래졌다. 나는 덴버 쪽으로 다가가서 바닥에 무릎을 꿇고 마주 보고 앉았다.

"서쪽 숲에 아직도 스타버드가 있어."

내가 아빠와 덴버에게 말했다.

"옛날이야기에 나오는 것처럼! 모티머 굿은 스타버드가 거기 있을지도 모른다고 생각했다는데, 그 말이 맞았지 뭐야! 우리가 탄광이랑 계곡으로 내려갔을 때 말들은 아이들이 모두 떠나 버렸다고 생각했대. 그렇지만 이제 스타버드가 다시 우리를 도울 수 있대. 말들이 우리를 멀리 있는 산꼭대기로 데리고 가서 금을 채취하게 해 줄 거야."

"우리?"

덴버가 희망에 차서 눈썹을 치켜올렸다.

"누나랑 나?"

아빠가 본능적으로 남동생을 팔로 꽉 끌어안았다.

"지금은 나만."

내가 아빠의 손을 잡으면서 말했다.

"나랑 더 나이 많은 아이들만. 그러니까 너는 학교에 갈 수 있어. 그리고 내가 우리 빚을 다 갚을 수 있어. 너는 이제 탄광에 갈까 봐 걱정하지 않아도 돼."

그때 엄마가 말했다.

"말을 타 본 적도 없잖아. 땅에서 타고 걸어 본 적도 없으면서 스타버드라니! 이건 너무 위험해, 몰리. 그 일을 하다가 다치기라도 하면 어떡할 거니? 그럼 이 곤경을 벗어날 방법이 아예 없다고! 우리는 이미 계획이 있잖아. 네가 일하고 우리가 돈을 모아서……."

"절대로 충분하지 않겠죠."

내가 주장했다. 엄마의 눈빛이 수그러들었다. 엄마도 그 말이 맞다는 걸 안다.

"너한테 무슨 일이라도 생기면……."

"아무 일도 안 생겨요. 산사람들은 늘 말을 탔잖아요."

"엄마도 스타버드는 알아. 하지만, 그건 너무 오래전이고. 지금은 상황이 다르잖니."

"그러니까요!"

내가 고개를 끄덕였다.

"상황이 달라요. 다른 방법을 찾아야 한다고요. 저는 이 일을 할 수 있어요. 다치지 않을게요. 약속해요. 게다가 달라지는 건 없을 거예요. 저는 계곡으로 일하러 갈 거고, 계속 텀브럴 집에서 돈을 벌게요. 하지만 일을 마치고 나서는…… 이 일을 할 거예요. 우리 모두를 위해서요."

"모티머 굿이 엮여 있는 한 좋은 일은 없어."

엄마가 내게 경고했고 그날 밤 내내 더는 말을 하지 않았다.

12장

초록 머리카락을 가진 아이

가끔씩 어마어마한 일이 일어나면, 그게 비극적인 것이든 근사한 것이든 꿈인지 생시인지 분간하기 어렵다.

어젯밤에 꿈을 꾼 건가? 어둠 속에서 괴수가 나를 따라온 게? 스타버드가 숲에서 나를 구해 준 게? 화가 나서 말도 안했던 엄마가 나를 집으로 데리고 온 게?

일어나 보니 방은 언제나처럼 똑같았다. 책장에는 내가 읽고 또 읽던 책이 몇 권 있었고, 곰 인형은 여전히 내 팔에 안겨 있었다. 벽에는 그림이 두 개 붙어 있었다. 하나는 우리 가족이 모두 같이 있는 그림으로 허니서클이 아빠의 어깨에 앉아 있었다(아담이 민들레 꽃술을 으깨서 허니서클을 색칠했다). 그리고 또 하나는 몇 년 전에 아담이 내게 그려준 데이지 꽃다발 그림이었다. 모든 것이 변함없었다.

하지만 마음속에서는 내가 다른 사람처럼 느껴졌다.

"안녕, 허니서클."

내가 조그맣게 말했다. 한쪽 눈을 뜨니 침대 옆 작은 탁자 위에서 허니서클이 예쁜 갈색 눈으로 나를 조심스럽게 쳐다보고 있었다.

"더 일찍 깨웠어야지."

허니서클이 내 침대로 폴짝 날아와서 베개 위로 올라왔다.

'깃털.' 나는 깃털의 감촉에 대해서 생각했다. 스타패치가 그랬다. 새의 깃털 같았다. 하지만 말의 날개털은 달랐다. 가죽 같았고 튼튼해서 폭풍우 속에서도 달릴 수 있고, 천둥 구름도 반으로 뚝 부러뜨릴 수 있을 것 같았다. 나는 기수가 될 것이다.

'하늘을 나는 몰리.'

나는 천천히 일어나서 거울 앞에 앉았다.

"엄마는 아직도 나한테 화가 났을까?"

나는 덴버가 깨지 않도록 조용히 물어봤다.

허니서클이 낮고 길게 지저귀었다. 물을 것도 없이, 그렇단 말이다.

나는 엄마가 나를 자랑스러워할 거라고 생각했다. 그런데 엄마는 화를 냈다. 심지어 잘 자라는 인사도 안 했다.

나는 엉킨 부분을 빗으려고 머리를 잡아당기다가 깜짝 놀랐다.

언뜻 초록색이 눈에 띄었다. 초록색? 거울 쪽으로 더 가까이 다가가 보고는, 거울 속의 내 눈이 똥그래졌다.

"이런…… 세상에."

진한 초록 가닥이 내 머리카락 속에서 빛나고 있었다. 오른쪽 뿌리에서 시작해서 머리끝까지 에메랄드 색으로 빛나고 있었다. 문에서 노크 소리가 나더니 엄마가 고개를 안으로 디밀었다.

"이게 뭐예요."

내가 조그맣게 말했다. 엄마가 손가락으로 긴 초록 가닥을 집었다.

"서쪽 숲에서 저주받은 개울에 발을 디뎠을까요?"

내가 물었다. 내가 아이였을 때, 엄마는 우리의 머리칼을 흰색으로, 녹색으로, 파란색으로, 노란색으로 바꾼다는 서쪽 숲의 저주받은 계곡 이야기를 들려주는 걸 좋아했다.

엄마가 고개를 가로저었다.

"네 말이 너에게 표시해 둔 거야. 다음번에 말을 타러 가면 네 말의 갈기에 너와 같은 색이 있을 거야. 서로 연결되었단 뜻이야."

"엄마가 그걸 어떻게 알아요?"

"기억하니까. 말들이 있었을 때를 기억하거든."

나는 손을 뻗어서 엄마 손을 쥐었다.

"그 말들이 다시 여기 있어요, 엄마. 근데 왜 엄마는 행복해하지 않아요? 왜 흥분하지 않는 거예요?"

"네가 안전하길 바라니까."

"안전할 거예요. 게다가 우리는 빚에서 벗어나게 될 거예요."

내가 조그맣게 말했다.

"몰리, 아침 먹으면서 얘기해 보자."

그래서 나는 기다렸다. 마샤 아주머니의 사과 퍼프가 식탁 중간에 쌓여 있었다. 허겁지겁 집어삼키고 싶을 만큼 배가 고팠지만 천천히 먹었다. 덴버가 나의 초록색 머리카락을 뚫어지게 쳐다봤다.

"엄마는 모티머 굿을 안 믿는다, 몰리. 그 말들이 남아 있는 건 이유가 있겠지. 그리고 그 사람이 옆에 있을 때는 아주 조심했으면 좋겠다. 그리고 예전에 그 말들은 별빛을 낚는 걸 도왔어. 금을 채취하는 거라니, 어쩐지 엄마 맘에는 마땅치가 않아."

"무슨 말씀인지 알겠어요. 하지만 우리도 뭐라도 해서 살아남아야 하잖아요, 안 그래요? 한 번 성공할 때마다 1000페더스워스예요. 엄마, 그건 상황을 바꾸고도 남아요. 드디어 우리 모두가 금가루를 충분히 갖게 될지도 모른다고요."

"금가루에 관한 한, 충분한 양이라는 건 절대로 없을 거다."

"제가 우리를, 우리 모두를 뒷바라지할 거예요."

내가 엄마에게 약속했다.

"엄마는 뭔가 용감한 일을 해 보고 싶었던 적 없어요?"

엄마가 내 말에 상처받은 것 같아 재빨리 수정했다.

"그런 말이 아니라요. 엄마는 늘 우리를 위해서라면 용감하잖아요. 저도 우리를 위해서 용감한 일을 하게 해 주세요."

엄마는 사과 퍼프를 내려다보았고 잠시 슬픈 침묵이 흘렀다. 깨진 접시에 포크가 부딪쳐 쨍그랑 소리가 났다.

"누나가 말 타는 거 보고 싶어!"

덴버의 목소리가 침묵을 깨고 툭 튀어나왔다.

"안 돼!"

엄마와 내가 동시에 소리쳤다. 허니서클이 사납게 울었다.

"너는 오늘 숨어 있어."

내가 덴버에게 말했다.

"너를 찾으러 왔던 사람들 기억하지? 또 올 거야. 그러니까 우리가 필요한 페더스워스를 다 모을 때까지 숨어 있어야 해. 알겠지?"

덴버가 고개를 끄덕이며 손으로 머리를 받치고 한숨을 내쉬었다.

"응."

엄마가 갑자기 일어섰다. 엄마가 뒷문으로 걸어가자 얼음장 같은 찬 기운에 숨이 멎을 것 같았다.

"엄마가 왜 저렇게 화를 내시는지 모르겠어요."

아빠는 대답 대신 공책에 손을 뻗어 문장을 갈겨쓰셨다.

네가 타는 말을 믿어라.

네 가슴이 하는 말을 믿어.

사랑한다.

나는 일어서서 아빠의 머리에 입맞춤을 하려고 몸을 숙였다. 하지만 아빠가 내 손을 잡아서 꽉 쥐었다.

"저도 사랑해요."

13장

파우더 케이크

텀브럴네 대저택은 계곡에서 가장 높은 언덕에 있다. 집의 정면에는 바닥에서부터 지붕까지 이어지는 큰 창문이 두 개 있는데, 이렇게 먼지가 많거나 어두컴컴하고 비가 오는 날이면 창문의 정중앙에서 전등 빛을 쏘았다. 그 불빛이 꼭 먼지 속을 밝혀 주는 등대 같았다. 오늘 아침은 늦었다. 옷더미 깊숙이 파묻혀 있던 다른 팝스냅을 찾느라 시간을 너무 많이 보냈기 때문이다. 백 번도 넘게 맞춰 봤지만 잘 맞지 않았다. 다행스럽게도, 아무도 늦은 건 알아차리지 못했다.

텀브럴의 집으로 가는 자갈길에 마차들이 늘어서 있었다. 밤을 새고도 아직 파티 중이었다. 계곡 사람들은 한두 시간짜리 파티는 안 잡는다. 며칠 씩, 어떨 때는 한 주 내내 파티를 열어서 축하한다. 이 사람들에게는 뭐든 축하할 구실이 되었다.

내가 닦아 놓은 샹들리에에서 촛농이 뚝뚝 떨어졌다. 몇 시간이나 걸려서 만들어 둔 파우더 케이크는 텀브럴 집안의 버르장머리 없는 아이들이 집어던져 놓았다. 아너와 그의 친구들은 칼싸움을 하느라 챙챙거리며 검정 망토를 걸치고 계단을 오르내리며 달렸다. 하루 종일, 층마다, 어른들이 와서 은머그잔에 든 음료를 마시며 고개를 뒤로 젖히고 웃어댈 것이다. 아니면 술에 취해 대저택 계단이나 소파 여기저기에 쓰러질 것이다. 사람들은 계곡 탄광의 수호자 수장으로 승진한 아너의 아빠를 위해 축배를 들었다.

나는 슬그머니 부엌으로 들어왔다. 말을 타고 산꼭대기로 가는 게 진짜 가능하다면 마침내 나는 이 텀브럴 집을 영원히 떠날 수 있게 된다. 하지만 그 마침내가 오늘은 아니다. 그래서 일주일 치 임금을 확실히 받을 수 있도록 평소보다 더 많이 일할 계획을 세웠다.

그래도 앞일을 생각하니 걸음걸이가 확실히 당당해졌다. 오늘은 무릎까지 먼지에 파묻혀 있겠지만, 저녁이면 하늘을 날아서 탄광에서 보낼 미래에서 동생을 구해 낼 것이다. 어제는 변화를 바랄 뿐이었는데, 이건 내가 바랐던 것 이상이다.

나는 구정물 양동이를 끌어당겨서 침실 바닥 가운데로 걸레질해 가며 집안일을 시작했다. 나는 웃고 있었다. 정말로, 웃고 있었다. 이 일을 끝내자마자 말을 탈 거니까. 내 말. 내가 스타버드를 탄다!

나도 모르는 새 나는 손가락으로 먼지 위에 별을 그리고 있었다.

"레오."

어제 본 내 말의 엉덩이에 주근깨처럼 뿌려져 있던 별의 문양을 그리며 조그맣게 말했다. 아빠가 들려주던 이야기에 나오는 사자 별자리의 이름이었다. 나는 내 말에게 빨리 이름을 말해 주고 싶어서 참을 수가 없었다.

"초록색이 더럽게 안 어울리네."

아너 텀브럴이 문간에 다리를 꼬고 서 있었다. 어제 숲에서 봤던 모습과 똑같았다. 새 옷과 새 장화, 값비싼 재킷과 반짝이는 칼. 아너의 이마에 내려와 있는 금발 사이로 파란색 가닥이 있었다.

"우리 엄마가 파우더 케이크를 백 개 더 만들래. 나라면 당장 시작할 텐데. 다 하면, 이 바닥도 닦고 내 빨래도 하고 말이야. 그리고 말이지. 부엌에 있는 샹들리에도 윤이 나게 닦아."

모든 게 예상했던 대로다. 저 아이가 오늘 가장 오래 걸릴 집안일을 고르리란 건 알고 있었다. 내가 말했다.

"그래도 미션을 하러 갈 거야. 일을 얼마나 주든 난 갈거야."

"보면 알겠지."

아너는 내가 일을 시작하는 걸 조용히 지켜보며 말했다.

파우더 케이크는 다른 집안일과는 짜증나는 차원이 다르다. 5센티미터 높이에 둘레도 5센티미터 그리고 매번 똑같은 모양이어야 한다. 상판에 뿌리는 설탕도 모두 동일한 두께여야 한다. 시간은 엄청 잡아먹고 맛은 끝내주게 없는 케이크지만, 계곡 사람들은 아주 좋아한다. 한번은 케이크를 만들다가, 위에 설탕 파우더 대신 소금을 뿌렸다.

파우더 케이크에 대한 내 의견을 전달하긴 했지만, 결국 나는 그 사건으로 쫓겨나서 텀브럴의 집으로 오게 되었다.

나는 한 시간이 넘게 통탕거리며 파우더 케이크를 만들어 방금 청소해서 반짝이는 부엌 조리대 위에 줄을 맞춰 놓았다.

"축하하네, 오티스!"

옆방에서 어떤 사람이 말하는 소리가 들렸다. 식료품 저장실의 넓은 틈으로 어른들이 악수하며 서로 축하하는 모습을 다 볼 수 있었다.

"와서 축하해 줘서 고맙네, 친구!"

"당연히 그래야지! 어린 아너가 머지않아 자네 뒤를 따르겠지. 이미 칼을 사 준 것을 봤다네."

오티스가 빙그레 웃으면서 들고 있던 구리잔에 담긴 것을 홀짝였다.

"아너는 칼도 간신히 든다네. 그걸로 싸우기는 하겠나."

나는 그 말에 전적으로 동의했다. 다른 남자가 조용히 말했다.

"스타버드 말일세. 그게……. 좋은 생각일 거 같나?"

나는 오티스의 말을 들으려고 안간힘을 썼다. 하지만 음악이 다시 커졌고, 사람들은 열린 창문으로 들어왔던 먼지를 발로 차며 춤을 췄다.

"시간이 지나면 알겠지."

오티스가 대답했다. 그는 뭐라고 내가 알아들을 수 없는 말을 중얼거렸다. 다른 남자가 몸을 수그리고 어깨를 사람들 쪽으로 향한 채, 나지막하게 말했다.

"……아껴 써야 해. 잘 사용해야 하고."

그 남자가 투박한 노끈으로 묶인 조그만 자루를 내밀며 말했다. 오티스가 안을 들여다보았고, 나도 연한 노란색 가루 같은 것을 언뜻 보았다. 처음에는 금가루인 줄 알았지만 아니었다. 이건 아담이 서쪽 숲에서 가리켰던 가루와 좀 더 비슷했다. 오티스는 감사의 의미로 고개를 숙이고 그 자루를 코트 안에 집어넣었다.

파우더 케이크를 다 만들고 나서, 나는 이마를 닦고 부엌 바닥을 치우기 시작했다. 다시 문 쪽에서 아너의 무거운 발자국 소리가 들렸다. 세 번째다. 나는 휙 뒤로 돌아서 더러운 걸레를 있는 힘껏 아너의 장화에 집어던졌다.

"조심해! 내 장화를 엉망으로 만들었다간 새로 사 내야 할 거야."

아너가 소리쳤다. 나는 웃음이 났다. 참을 수가 없었다.

"내가 널 이길까 봐 겁나는 구나. 너보다 훨씬 말을 잘 탈까 봐."

아너가 소리 내서 웃었다.

"전혀, 이 먼지투성이 몰리야. 안됐지만 네가 시도하는 걸 보지도 못하겠는데."

아너가 주머니에서 시계를 꺼내 들어 보였다. 시계가 최면을 거는 것처럼 반짝이면서 흔들거렸다. 내 얼굴에서 웃음이 싹 가셨다.

"타는 법을 모르는데 어떻게 타겠어. 연습에 맞춰서 오기에는 할 일이 너무 많이 남았는걸. 나는 이제 산으로 출발하려고. 너는 오늘 못

온다고 말해 줘야겠지?"

가슴이 쿵 내려앉았다. 하늘이 어두워지는 것도 몰랐다. 다 끝내려고 너무 열심히 일했다!

"갈 거야."

시간이 초 단위로 느껴졌다. 늘어나는 시간이 분 단위로 느껴졌다. 허니서클이 파란색 중국 찬장 위에서 초조하게 깡충거리며 날개를 퍼덕였다. 시간이 점점 없어지고 있다.

"마지막이야."

허니서클에게 약속했다. 샹들리에를 닦던 손가락이 얼얼했다. 계단을 올라오는 하이힐 소리에 나는 얼어붙었다. 텀브럴 부인이 나를 찾아 올라오고 있었다. 허니서클이 깡충깡충 뛰며 지저귀었다. 무슨 말을 하려는지 안다. 도망가. 가. 네가 할 일을 더 찾아낼 거야!

나는 사다리에서 내려와서 제자리에 두고 재빨리 문 뒤에 숨었다. 틀림없이 내가 여기 있다는 걸 알게 되겠지만 달리 숨을 곳이 없었다.

"몰리!"

텀브럴 부인이 나를 불렀다. 문틈으로 보니 허니서클이 식품저장고의 제일 위 칸에 있던 밀가루 포대를 물어뜯어서 밀가루가 텀브럴 부인에게 흰 폭포수처럼 쏟아졌다. 나는 웃음이 가시지 않은 채로 조용히 문을 빠져나왔고, 허니서클이 파닥거리며 나를 좇아왔다. 나는 내가 있어야 할, 서쪽 숲을 향해 달렸다.

14장

칼슨산

"어디 있었어?"

내가 공터의 가장자리로 튀어나오자 아담이 소리쳤다. 소매를 걷어붙이고, 뺨이 빨간 걸 보니 아담은 말을 타고 있었던 모양이었다.

"경계선에서 끝까지 너를 기다렸어."

아담이 재빨리 내 쪽으로 왔다.

"왜 이렇게 오래 걸렸어? 팔꿈치는 왜 잡고 있는 거야?"

"레오는 어디 있어?"

내가 아담을 뒤로하고 뛰어가며 물었다. 이마에서 땀이 뚝뚝 흘러내려 눈이 따가웠다. 말도 겨우 했다. 옛날 팝스냅을 끼워서 아프긴 했지만 팔에 대해서는 전혀 걱정하지 않았다. 말 타고 나는 연습이 있는 날에 늦었다는 게 걱정이었다.

"레오가 누구야?"

아담이 어리둥절해서 물었다.

"내 말. 팔은 괜찮아."

나는 소란스러운 소리가 나는 앞쪽으로 달려갔다. 날개 달린 말들이 나무를 배경으로 반원 형태로 중간에 모여 있었다. 말들이 날개를 펄럭이면서 어마어마하게 큰 말발굽으로 발을 굴렀다. 날개가 펄럭이는 소리에 내 등골이 기분 좋게 전율했다. 마치 바람을 둘로 가르는 것 같았다. 마치 그들이 바람인 것 같았다.

말들은 검은색, 황갈색, 회색, 은빛 도는 흰색으로 모두 색깔이 달랐다. 하지만 나는 내 말을 찾을 수가 없었다.

"내가 너무 늦었어? 미션도 놓친 거야?"

내가 숨을 헐떡이며 물었다.

아담이 부드럽게 말했다.

"아니야. 그런데 승마 수업은 다 놓쳤어. 아주 아수라장이었어. 그래서 네가 없었는지는 아무도 모를 거야. 이기가 레오를 데리고 올 테니까, 중요한 것만 알려 주겠지."

"이기가 누구야?"

"모티머의 도우미. 잠시만 여기 있어 봐, 몰리. 숨을 깊이 들이마셔. 네가 흥분하면 말도 그걸 알아차린대."

모두가 자기 말에게 안장과 굴레를 씌우려고 흥분해서 난리였다. 분명히 이 말들은 한동안 이런 것을 하지 않았을 거다. 어쩌면 한 번도 해 본 적이 없었을지도 모른다.

몇몇 남자아이들이 겨우 말 옆으로 가서 말을 진정시켰다. 지금 보니 그 아이들 모두 머리에 못 보던 색깔이 있었다. 말이 우리에게 모두 표시를 해 두었다.

"모티머는 어딨어?"

내가 아담에게 물었다.

"아직 안 왔어. 그 사람은 걱정 안 해. 네가 걱정이지."

내가 다시 내 팔을 꽉 잡고 있다는 걸 깨닫고 재빨리 손을 놓았다.

"아, 공중에서 말에서 떨어질까 봐 걱정이야. 그리고 다른 사람한테 내 팔 얘기는 하지 말아 줘, 알겠지? 가리키지만 마. 저번에는 내가 여자라는 이유로 모두들 나를 떠나라고 했잖아. 모티머는 개의치 않는 것 같았지만, 팔이 문제라고 생각하는 건 싫어. 사람들이 나를 불쌍하게 생각하고, 내가 팝스냅을 하고 있어서 영감을 주는 존재라고 생각하는 것도 싫어. 나는 단지 날고……."

아담이 부드럽게 대답했다.

"야, 너 열 받으라고 한 말 아냐. 그걸 걱정라고 하지. 친구라면 서로 걱정해 줘야 하는 거라고. 내가 언제 네 팔이 다른 한쪽보다 짧다고 봐준 적 있냐?"

내가 활짝 웃었다.

"아니. 네가 안 그래서 좋았어. 사람들이 이 주황색 팝스냅만 보고 나를 판단하지 않았으면 좋겠어."

"그러게."

아담이 어깨를 으쓱했다.

"사람들은 내가 키 큰 것만 봐. 항상 사람들은 그걸 제일 먼저 보지. 그건 내가 바꿀 수 없잖아. 몇 분만 나랑 이야기해 보면 키가 크다는 건 나라는 사람의 억만 개 특징 중의 하나에 불과하다는 걸 알 텐데……."

아담이 고개를 갸우뚱하며 팝스냅을 가리켰다.

"숲에서 잃어버리지 않았어?"

"여분이 있었어. 옛날 거."

나는 '진짜 아파 죽겠네.' 라고 속으로 생각하며 물었다.

"팝스냅을 하고 말을 타는 게 어려울까?"

"어제는 그냥 다 어려웠고. 말은 우리도 아직 제대로 안 타 봤잖아. 팝스냅이 문제가 될지는 모르겠어. 내가 걱정되는 건 고삐야. 고삐를 어떻게 잡고, 어떻게 조정하느냐 하는 거."

아담이 입술을 잘근잘근 씹으며 생각에 잠겼다. 학교에서 수학 문제를 풀 때의 모습을 보는 것 같았다.

"이기가 도와줄 거야."

나는 어떻게 이기가 스타버드에 대해서 그렇게 많이 알고 있는지 묻고 싶었지만, 묻기도 전에 내 주의를 끄는 것이 있었다.

"어머."

나는 아담의 구불구불한 은색 머리 가닥으로 손을 뻗었다.

"새로 생겼네. 근사하다."

"네 것이 더 멋져."

아담이 내 머리에서 초록색 가닥을 집어서 손가락으로 당겨 보았다. 내 머리카락이 갑자기 초록색, 풀처럼 푸른 초록색이 되어서 내 머리카락을 만져 보는 것뿐이라는 건 나도 안다. 하지만 아담이 내 머리카락을 만지자 가슴이 두근거리는 건 어쩔 수 없었다. 아담의 얼굴이 빨개져서 내 머리카락을 떨어뜨리고는 뒤로 물러섰다.

은색 머리가 있는 아담을 보니, 아담이 나이 들면 어떤 모습일지 궁금해졌다. 나이가 들어서도 우리는 여전히 친구일까? 야생마를 타고 나란히 날았던 이 순간, 이 날들에 대해서 이야기할까?

"그 이기라는 사람이 내 말을 데려오지 않으면 나 혼자서라도 찾으러 갈 거야."

"그럴 필요 없어."

아담이 내 팔을 툭 치고 공터의 수목한계선을 가리켰다. 레오가 내게 달려오고 있었다. 윤기 나는 검정 털. 가죽 같은 날개. 여기 있는 말들 모두 생김새가 달랐지만 레오가 제일 아름다웠다. 어떤 말은 날개에 나비처럼 선명한 무늬가 있었다. 어떤 것들은 점이나 별 모양이 그려져 있기도 했다. 하지만 레오의 날개는 짙은 색으로 빛이 났다. 한밤중의 물색이었다. '마법의 색' 이라고 나는 생각했다.

레오는 달릴, 아니 날 준비가 되어 있는 것 같았다. 레오는 굴레를 하고 안장도 얹고 있었다. 몸집이 어마어마했지만 나는 강아지가 내게 깡충깡충 뛰어들기를 기다리듯 팔을 벌렸다. 레오의 부드러운 목을 껴안을 수 있을 만큼 가까이 오자, 레오는 얌전해졌다.

"레오."

내가 부드럽게 말하며 몸을 뒤로 빼자, 레오의 부드러운 갈색 눈과 내 눈이 마주쳤다. 레오가 몸은 낮게 낮춰서 벨벳 같은 코로 내 이마를 건드렸다.

"안녕? 네 이름 맘에 들어, 레오?"

레오가 눈을 감더니 입맞춤하듯 코로 내 이마를 쿡 눌렀다. 레오의 갈기에서 빛나는 초록색 가닥을 보고는 내 마음이 녹아 버렸다. 바람계곡 여자아이들이 친구들과 다이아몬드 실로 짠 실크 리본을 나눠 가진다는 말을 들은 적이 있다. 같은 색으로 해서 서로가 연결되어 있다는 것을 보여 주기 위해서라고 했다. 지금 레오 갈기와 내 머리카락이 같은 색으로 맞춰져 있다. 우리는 연결되어 있다.

내가 레오의 부드러운 코를 문지르자 레오가 기분이 좋아져서 눈을 감았다. 내가 조그맣게 말했다.

"네 주근깨 때문에 그런 이름이 떠올랐어. 네 옆구리에 난 주근깨가 레오 별자리처럼 보였거든. 우리 아빠가 그러는데 레오 별자리는 사자 모양을 하고 있대. 너도 사자의 심장을 가졌을 거라고 생각해. 네가 용감하다고 생각하거든."

"나는 너희 둘 다 그렇다고 말하고 싶구나."

모티머 굿이 내 뒤에 서 있었다. 오늘은 또 다른 근사한 양복을 빼입고 있었다. 검은 벨벳 재킷에 양옆으로 은색 스티치가 들어간 바지

그리고 반짝거리는 승마 장화를 신었다.

모티머는 내 얼굴을 따라 내려온 초록 머리 가닥을 잡으려고 손을 뻗었다.

"말들이 자신의 기수에게 표시했구나. 이제는 다른 사람이 타지 못하게 하려고."

"레오라고 이름을 지었어요."

모티머가 미소를 지었다.

"뭐든 네가 좋을 대로 부르렴. 이름보다 신경 써야 할 게 많아. 이기한테 배운 거 잊지 마라. 안 그랬다간 저 위에서 죽을 수도 있어."

나는 침을 꼴깍 삼키고 고개를 끄덕였다. 물론, 문제는 나는 이기로부터 배운 게 하나도 없다는 거다.

모티머가 성큼성큼 멀어지면서 말했다.

"이기, 램블 양에게 킵 줘."

이기는 우리가 마차를 타고 숲으로 갔던 날 모티머와 같이 있던 바로 그 아이였다. 키는 1미터가 될까 말까 했고, 헐렁한 바지에 주머니가 잔뜩 달린 재킷 그리고 부들부들한 장화까지 모두 갈색 차림이었다. 머리도 갈색 실로 짠 모자 안에 밀어 넣고 있었다. 이기는 기수가 아니었지만 확실히 말들과 친했다. 레오를 만지려고 손을 뻗을 때도 전혀 겁내지 않았다. 레오는 이기의 조그만 손에다 코를 비볐다. 게다가 확실히 모티머도 이기를 존중해줬다. 어쩌면 우리 여자들끼리 함께 붙어 다닐 수 있을지도 모른다. 이기를 만나서 내가 기쁜 것처럼 이기도 그런지 궁금했다.

이기는 눈을 맞추지 않았다. 이기는 내 신발을 가리켰다.

"승마 장화가 아니잖아."

"그냥 일할 때 신는 장화야."

"쉽지 않겠네. 긴 치마를 입고 나는 거."

이기가 말했다.

"갈아입을 시간이 없었어."

나는 부끄러워서 볼이 달아올랐다. 최선을 다하고 있었지만, 내가 얼마나 준비가 안 되어 있는지를 상기시켜주는 것들을 즐길 수는 없었다.

"제대로 해낼게. 참, 나는 몰리야."

"네가 누군지는 알고 있어. 자, 네 킵이야. 금가루를 담을 주머니. 허리춤에 차. 금을 발견하면 킵을 풀어서 퍼 담을 수 있는 건 다 퍼 담아. 가볍게 흔들어 주면 흙이나 쓰레기나 비둘기 똥처럼 실수로 같이 담은 것들이 떨어져 나갈 거야. 질문 있니?"

'그럼!'이라고 소리 지르고 싶었지만, 그냥 말했다.

"어, 혹시, 그러니깐 요점만 한 번 더 알려 주면 안 돼? 나는 방법에 대해서 말이야."

마침내 이기가 고개를 들어서 나를 봤는데 아주 화가 난 것 같았다. 한쪽 눈은 갈색이었고 다른 쪽은 아주 밝은 푸른색이었다. 내가 보기에 이기는 퍽 예뻤지만 매우 까칠하게 굴었다.

"네가 늦었다는 거 모티머한테는 말 안 할게."

이기가 부드럽게 말했다.

"하지만 나는 지각생한테 보충수업도 안 해."

내가 품었던 우정에 대한 기대가 날아가 버렸다. 레오가 어제 몇몇 모티머 사람들에게 그랬던 것처럼 이기에게도 콧김을 내뿜으며 힝힝거릴지 궁금했다. 안 그랬다. 레오는 몸을 앞으로 숙여 이기의 얼굴에 대고 문질렀다. 의리 없는 녀석 같으니라고. 처음으로 이기의 조그마한 입꼬리가 씰룩이며 올라갔다.

"말한테 잘 해. 말을 믿으면 괜찮을 거야."

이기가 이렇게 말하고는 턱을 치켜들고 사라졌다.

"신사 분들! 그리고 숙녀 분."

모티머가 내게 고개를 숙여 인사했다. 남자아이들이 소리 내 웃었다.

"첫 번째 미션을 할 시간이다. 아직 말에 안 올라 있다면, 말에 올라서 저 오르막에 있는 절벽까지 달려간다."

'일도 아니지.' 라고 생각했다. 나는 장화 발을 말의 등자에 밀어 넣고 안장의 앞쪽을 잡고 말 위로 올라가려고 끙끙댔다. 다리를 홱 힘껏 내던지며 여러 번 시도한 끝에 레오의 등에 겨우 올랐다. 속이 울렁거렸다. 생각했던 것보다 훨씬 높았다.

"괜찮아. 그냥. 조금만 앞으로 가. 가."

발뒤꿈치로 레오를 꾹 눌렀더니 레오가 빠르게 걷기 시작했다. 다른 말들과 합류하려고 레오가 속도를 높이자 나는 안장 위에서 세게 통통 튀었다.

아너 텀브럴이 처음으로 나를 봤다. 화가 나서 콧구멍이 벌름거렸다. 나는 무시하고, 앞서 나갔다. 아담과 아너의 말이 내 옆에서 빠르게 걸었다.

"몰리 램블."

아담이 자기 말의 은빛 목을 톡톡 치며 말했다.

"제프랑 인사해. 이기 말로는 여기서 나이가 제일 많아서 아마 제일 느릴 거래. 그래도 일은 제대로 해낼 거야."

아담이 힘들게 침을 꿀꺽 삼켰다.

"그러길 바라야지. 이기가 족집게 과외를 해줬어?"

"아니, 별로."

아담이 이마를 찡그렸다.

"이런. 음…… 위엄 있게 말해야 해. 말을 안내할 때는 고삐를 써. 부드럽게. 그리고 발꿈치나 종아리로 툭 쳐. 차지는 말고. 고삐를 획 잡아당기거나 하지는 마. 그러면 말이 다칠 수 있어."

나는 재빨리 고개를 끄덕였다.

"알겠어, 알겠어. 차지 말고 툭 치고. 잡아당기지 말고 안내하기. 위엄 있게 말하기."

아담은 기억해야 할 지시사항들을 너무 많이 알려 주느라 흥분해서 장황하게 떠들었다. 우리가 모두 숲에서 나와 높고 푸른 절벽을 오르기 시작하자 레오가 흥분하는 게 느껴졌다. 나는 또 속이 뒤집어졌지만, 레오는 전혀 긴장하지 않았다. 레오가 절벽 끝에서 멈춰서더니 흥분해서 발을 굴렀다. 우리 아래 계곡으로 자갈비가 쏟아졌다. 모티머가 지시했다.

"모든 말이 절벽 끝에 딱 서야 한다. 오늘은 멀리 가지 않겠다. 이 계곡만 지나면 칼슨산이 보일 거다. 오늘은 시야가 좋아서 피해야 할 낮은 먼지 구름도 없을 테니까, 우리 위에 있는 먼지에만 너무 가까이 가지 않도록 해라, 알겠나? 학교에서 배운 노래에 나오는 칼슨산이 어떤지는 기억하고 있을 거다. 칼슨산에는 핑크베리 나무의 분홍 잎들이 한창 떨어질 때다. 바람 때문에 방향을 잡기 어렵겠지만, 꼭대기로 날아가면 가장자리에 붙어 있는 금가루가 보일 거다. 배운 대로 옆에 찬 컵을 가져다가 금가루를 퍼 담으면 된다. 이렇게 간단하다, 친구들. 이렇게 간단하면서도 어렵기도 하지. 침착하게 잘 보고, 출발."

갑자기 모티머의 남자들이 동시에 소리를 질러 말들이 깜짝 놀랐고, 우리도 깜짝 놀랐다.

"날아!"

남자아이들이 장화 뒷굽으로 가볍게 말을 차면서 소리쳤다. 그래서 나도 똑같이 소리쳤다.

"어어…… 날아?"

모든 말들이 펄쩍 뛰어내렸다. 내 말도 함께.

"우와!"

아주 한순간, 나는 말을 잡고 있어야 한다는 걸 깜빡했다. 내 몸이 나는 게 아니라, 떨어지는 것처럼 반응해서 나는 고삐를 놓고 팔로 레오의 목을 껴안았다.

레오가 잠깐 위로 솟구치더니 그러고 나서 계곡 쪽으로 똑바로 내려가기 시작했다. 너무 빨라서 얼굴이 덴 것 같았다. 레오가 날개를 한번 펄럭했는데, 그 소리가 너무 커서 귀를 막으려고 손을 놓을 뻔했다.

아담이 말한 건 하나도 기억나지 않았다. 나는 비명만 지르고 있었다. 어떻게 하늘을 날지? 토하지 않고 어떻게 한담?

나는 비행에 관한 기본적인 설명을 모두 놓쳤다. 이제 땅에 점점 더 가까워지고 있었다. 계곡에 있는 집들의 지붕이 보였다. 일초 전만 해도 너무 작아서 개미처럼 보였던 탑과 교회의 첨탑과 마차들이었다. 오늘 먹은 점심이 속에서 빠르게 소용돌이쳤다.

"멈춰!"

내가 소리쳤다. 하지만 레오는 곡선을 그리며 하늘로 붕 하고 올라갔다. 어찌해야 할지 몰라서 고삐를 잡으려고 손을 뻗었다. 레오가 방향을 바꾸더니 우리가 뛰어내렸던 절벽 쪽으로 날아갔다. 수호자들이 절벽 끄트머리에 서서, 웃으면서 손가락으로 나를 가리키고 있었다. 하지만 내가 자기들을 깔아뭉개 버릴 거라고 생각했는지 뒤돌아서서 달리기 시작했다. 빨리, 점점 더 빨리 절벽에 있던 나무들이 내 얼굴로 다가왔다.

"멈춰. 멈추라고, 레오! 충돌하지 않게 뭐라도 하라고!"

다시 레오가 아치를 그리며 위로 올라갔다. 나는 고삐를 당겼다. '부드럽게.' 라고 나 자신에게 상기시켰다. 엄마가 늘 내게 말하듯이.

"방향을 틀어 줄래?"

이번에는 레오가 공중을 나는 게 아니라 물속에서 수영을 하는 것처럼 우아하게 자신의 몸을 돌렸다. 왼쪽으로 급강하하면서 왼쪽 날개를 낮췄다. 내 앞에 나타난 진분홍색의 칼슨산은 벌떼에 둘러싸인 것처럼 보였다. 그런데 벌떼가 아니었다. 이제 막 미션을 완수한 스타버드를 탄 남자아이들이었다. 나는 한참 뒤처진 것이다!

"더 빨리 갈까?"

내가 부탁했다. 정확히 어떻게 말해야 할지 몰랐다.

나는 팔뿐만 아니라 온몸으로 레오를 조정하려고 몸을 돌려가면서, 고삐를 중간으로 당기려고 안간힘을 썼다. 어떻게 된 건지 니코가 바로 내 앞에서 날고 있었다.

"몰리! 저리 가!"

니코가 팔을 흔들면서 소리쳤다.

"어떻게 하는지 몰라."

내가 소리쳐 대답했다. 그런데 레오가 알고 있었다. 레오가 급강하했다. 또다시.

"멈춰!"

내가 레오의 옆구리를 발뒤꿈치로 치면서 소리 질렀다.

레오의 발굽이 단단한 땅에 쾅 하고 내려앉았는데, 뭔가 이상했다.

레오가 절벽의 옆면에 수직으로 내려앉은 것이었다. 우리가 뛰어내린 바로 그 절벽이었다. 모티머의 사람들이 산등성이 너머로 우리를 보면서 웃는 소리가 들렸다. 중력이 최선을 다해서 우리 아래쪽의 바위투성이 땅으로 나를 머리부터 끌어당기고 있었다. 나는 상체를 들어 올리려고 끙끙댔다.

"레오, 절벽에서 벗어나."

내가 옆구리를 발꿈치로 툭 쳤다.

하지만 레오는 바빴다. 먹느라고. 레오는 바위틈에서 자라난 풀을 우적우적 먹고 있었다.

아담이 위엄 있게, 단호하게 말하라고 했다. 내 문제를 도와줄 때, 친절하면서도 자신감에 차 있던 엄마를 생각했다. 엄마가 하는 것처럼 말해야 한다. 목소리에 힘을 실어서 명령했다.

"레오, 뛰어내려!"

그리고 장화로 옆구리를 툭 쳤다. 레오가 고개를 퍼뜩 들었다. 레오가 앞발을 들었다가 뒷발굽으로 절벽을 세게 치자 진흙과 흙과 돌들이 계곡 아래로 와르르 쏟아졌다.

"위로."

내가 단호하게 명령했지만 레오는 무슨 말인지 모르겠는지 그냥 한 바퀴 빙 돌았다. 다른 말들이 우리를 지나서 출발점으로 돌아가고 있었다. 그들은 미션을 완수했다. 레오도 남들이 하는 대로 따라 했다.

레오가 공터로 붕 하고 날자 나는 안장 옆쪽으로 미끄러졌다. 레오의 발굽이 땅에 부딪히자 나도 안장에서 튕겨 나와 땅에 쿵 하고 떨어졌다. 꼬리뼈를 타고 찌르르 아픔이 올라왔다. 하지만 떨어진 것보다 창피함에 더 마음이 상했다.

나는 아무것도 못 가져왔다. 금가루 한 줌도. 내 허리띠에 매달려 있는 주머니에는 아무것도 없었다. 칼슨산에는 가 보지도 못했다. 모티머가 지금 떠나라고 하면 어떡하지? 화가 나서 눈물이 나는 걸 꾹 참고 있는데, 레오가 코로 내 옆얼굴을 문질렀다.

내 바로 뒤로 아담이 내렸다. 아담은 말 위에 제대로 앉아 있었다. 아담이 나를 살펴보려고 안장에서 뛰어 내렸다. 아담 주머니의 절반은 흙이었다. 그 뒤로 아너 텀브럴이 내렸다. 안장 위에서 통통거리며 속도를 줄여서 말이 빠른 걸음을 걷도록 했다. 아너가 활짝 웃으며 나를 뚫어지게 내려다보았다.

나는 얼굴에 묻은 흙먼지를 털어 내고 그를 째려봤다.

"진짜 이럴래? 말에서 떨어져서 머리가 깨질 뻔했는데 그게 웃기니?"

아너가 말했다.

"안 웃겨. 아주 즐겁지. 그리고 엄청 만족스러워."

누가 나를 도와주러 손을 뻗어서 나는 아담이려니 했다.

"괜찮아."

나는 그 손을 뿌리쳤다. 그런데 어제 만난 키 작은 남자아이, 그리어였다. 삐죽삐죽 뻗친 머리에 난 보라색 가닥 때문에 거칠어 보였다.

"다들 잘 못했어."

그 아이가 말했다. 하지만 그렇지 않다. 다른 아이들은 모두 적은 양이긴 해도 어쨌든 금가루를 가져왔다. 심지어 어떤 아이들은 엄청 잘하기도 했다.

나는 넘어지지 않도록 천천히 일어섰다. 사람들에게 더 이상 웃음거리가 되긴 싫다. 내겐 재미있는 일이 아니다.

"몰리! 괜찮니?"

소리치는 모티머의 목소리에 걱정이 가득했다.

나는 모티머를 마주보려고 몸을 돌렸다. 울지 않으려고 꾹 참았다.

"정말 죄송해요! 다음번엔 더 잘할게요. 주머니 네 개에 금가루를 가득 채울게요!"

모티머가 나의 텅 빈 금가루 주머니를 살피며 입술을 깨물었다.

"할 수 있어요. 다음번엔 누구보다 더 많은 금을 가져다 드릴게요."

내가 말했다.

"내게 엄청난 약속을 하는구나, 몰리."

모티머가 모호하게 말했다. 하지만 나는 고개를 저었다.

"선생님께 약속하는 게 아니에요. 제 자신과 하는 약속이에요. 약속을 지킬 거예요."

모티머가 뭔가를 찾으려는 듯이 좀 더 오랫동안 내 눈을 들여다보았다. 그리고 마침내 고개를 끄덕였다.

"물론 그래야지. 누구나 다음 기회를 가질 자격이 있으니까."

그는 나의 텅 빈 주머니를 보고 다시 나를 봤다.

"다음에는 방법을 터득할 거라고 믿는다. 네 역할을 할 수 있을 거라고 믿어."

"맞아요! 제가 해낼 거라는 걸, 전 알아요."

걱정이 확 누그러지면서 피곤해졌다. 아니, 기진맥진했다. 나 자신에 대한 실망감은 사라지지 않았다. 그리어와 나머지 남자아이들이 모두 자기 킵을 풀어 내밀자 모티머가 좋아서 활짝 웃었다.

"아주 잘하고 있다."

그가 돌아다니면서 몇몇의 어깨를 툭툭 치면서 말했다.

"이기, 이 아이들에게 페더스워스를 주도록."

"몰리는 오늘 페더스워스가 없다."

그가 내 어깨에도 손을 올려놓았다.

"하지만 낙담하지 마라. 다음번에 반드시 해낼 거라고 믿는다."

이기가 내 옆으로 와서 그리어에게 작은 페더스워스 주머니를 건넸다. 나는 텅 빈 나의 킵을 뚫어져라 쳐다보았다. 내 가슴은 여느 때처럼 말라 있었다.

"너도 날 비웃을 거야?"

내가 이기에게 물었다.

"아니. 너는 내 말에게 잘해 줬어. 그건 뭔가를 말해 주지."

이기가 어깨를 으쓱하면서 말했다.

"네 말?"

내가 물었다.

"왜 이 말들이 네 말이야?"

"몰리, 내겐 비밀이 있거든. 누구나 비밀이 있잖아."

이기가 슬픔 어린 목소리로 말했다.

15장

한밤의 기수

"몰리?"

엄마 목소리에 깜짝 놀라 고개를 들었다. 하마터면 핑크베리 파이 위로 고개를 처박을 뻔했다. 우리는 모두 식탁에 둘러앉아 있었다. 오두막 주위로 밤이 다가와 있었다. 난롯불에서 나는 타닥거리는 따뜻한 소리와 춤추는 그림자가 방 안을 가득 채웠다. 의자 팔걸이에는 오래된 책이 반으로 펼쳐진 채 놓여 있었다. 엄마가 짠 담요가 우리 주변 바닥에 펼쳐져 있었다. 벽에는 수년 전에 엄마가 그린 그림들이 붙어 있었다. 어렸을 때의 우리를 그린 그림과 해가 빛나던 때에 그린 꽃 그림이었다. 엄마는 사소한 것들이 공간을 특별하게 만든다고 생각했다. 엄마는 걱정으로 이마를 찌푸린 채 몸을 숙여서 내 얼굴을 면밀히 살폈다. 내가 말했다.

"오늘은 일찍 자러 가야겠어요."

엄마가 얼굴을 찡그렸다.

"거의 안 먹었잖아. 먹지도 않고 어떻게 말을 타려고?"

내가 집에 오고 나서 엄마가 처음으로 말타기에 대해 한 말이었다. 오늘 밤 우리가 숲에서 나왔을 때, 콜탑 기수의 가족은 우리를 기다리고 있었다. 코너와 니코 그리고 아담은 모두 가족들에게 페더스워스를 갖다 주었다. 자랑스러워하던 그 아이들의 눈동자는 동전보다 더 밝게 빛났다. 우리 가족이 오지 않아서 한편으로는 다행이었다. 나는 보여 줄 게 아무것도 없었다.

"엄마가 누나 주려고 하루 종일 파이 만들었어."

덴버가 내 접시를 내 앞으로 밀면서 말했다.

"좀 먹어. 그리고 나는 게 어떤 기분인지 말해 줘."

엄마는 포크로 핑크베리 파이 조각을 긁어서 접시에 붉은색 사선을 그었다.

"위험하지. 우리도 그 정도는 안다."

또다시 가슴이 쿵 내려앉았다. 지금 엄마에게 내가 자랑스럽다는 말을 듣는 게 너무 절실했지만 엄마는 그러지 않았다. 나는 파이 조각을 입으로 가져가면서 눈물을 간신히 참았다. 분노와 상처와 피곤이 뒤섞인 눈물을.

나는 파이를 삼키고 말했다.

"거칠었지만 근사한 느낌이었어. 나는 거 말이야. 어떤 꿈보다 좋았어. 네가 상상하는 것 이상으로."

"먼지에 너무 가까워. 다 들이마실 거잖아. 아프기라도 하면……."

엄마가 몸을 떨며 말했다.

"조심할게요."

필요 이상으로 강하게 말이 나왔다.

엄마가 갑자기 일어나더니 지난밤처럼 부엌으로 가 버렸다.

"죄송해요."

내가 말했지만 엄마는 대답이 없었다. 아빠가 한손을 내 팔에 올렸다. 아빠가 내 정수리에 입맞춤하려고 몸을 숙여서, 나는 아빠의 품에 안겼다. 이제 우리 셋만 달랑 남은 조용한 식탁에서 낡은 전등 불빛만이 우리 사이의 공간을 밝혔다.

"엄마가 저를 자랑스러워하실 거라고 생각했어요."

내가 말했다. 아빠가 대답할 수 있으면 얼마나 좋을까.

"엄마는 누나를 자랑스러워해. 파이로 자랑스러워해."

사랑스럽고 진지한 덴버의 표정을 보고 내가 미소를 지었다. 덴버다웠다.

"설명해 봐."

"여기서 이제 파이 같은 건 안 먹잖아. 페더스워스가 엄청 드니까. 근데 오늘은 엄마가 마을에 가서 파이 재료를 샀어. 오늘은 특별한 날이니까. 누나가 우리의 영웅이고 용감한 일을 하니까. 엄마는 너무 걱정이 돼서 누나가 자랑스럽다고 말을 못 하는 것 같아. 자랑스럽게 생각해도 말이야. 어떤 때 엄마는 말 대신 행동으로 보여주잖아. 엄마는 파이로 자랑스럽다고 말하는 거야. 나도 누나가 자랑스러워."

나는 내 자리로 돌아와 앉으면서 미소를 지었다.

"네 나이치곤 너 진짜 똘똘하다."

덴버가 고개를 끄덕였다.

"나이 상관없이 나는 똑똑해. 이제 나는 거 얘기 좀 해 줘."

이야기를 시작하기 전에, 나는 좀 편하게 있고 싶었다. 장화를 벗자 식탁 아래로 장화가 툭 떨어지는 소리가 났다. 장화 바닥의 격자무늬에 노란 먼지가 끼어 있었다.

"티모르 가루를 밟았어. 아담이 그러는데 탄광에서 의약품으로 쓰려고 보관해 둔다던데? 가루가 쭉 흘려 있어서 보고 있으니까, 아담이 알려 줬어. 너도 들어 본 적 있어?"

덴버가 고개를 저어서 나도 그 생각은 뒷전으로 밀어 두었다. 하늘을 나는 이야기를 하자 아빠와 덴버가 소리 내서 웃었다. 우리는 하품이 나올 때까지 웃었다. 자러 갈 때까지 웃었다.

문을 걸어 잠글 때까지. 창문에 빗장을 지를 때까지. 가능한 오랫동안, 바람과 까마귀를 피할 수 있을 때까지 웃었다.

그날 밤, 나는 금세 잠들었다. 하지만 누가 있는 것 같은 느낌에 깜짝 놀라서 깼다. 누군가 집으로 들어오려고 했다. 문을 부수려고 했다. 그것도 아니면, 진짜 일어나야 할 시간이라고 생각하면서 나는 일어났다. 학교에 다닐 때도 시험 전날이면 늦을까 봐 밤새 잠을 못 잤다. 하지만 방은 먼지 자욱한 어둠뿐이었다. 가족들은 여전히 자고 있었고, 나만 깨어 있었다.

나를 향해 달려오는 레오의 말발굽 소리를 생각했다. 땅에서, 하늘에서 질주하던 레오의 소리를. 바람을 타고 나는 탁탁 하던 소리를. 우리가 필요한 돈을 모두 부모님께 가져다 드리게 되면 얼마나 더 기분이 좋을까?

다시는 실패하면 안 된다. 다시는 실패하지 않을 것이다.

쿵. 옥상에서 소리가 났다.

“무슨 소리야?”

이층 침대에서 덴버가 머리를 사방으로 뻗친 채 박쥐처럼 거꾸로 매달려서 물었다.

“나를 숨겨! 누나! 엄마 깨워!”

“진정해.”

내가 조그맣게 말하고 서둘러서 침대에서 빠져나왔다. 나는 이미 창문 밖을 올려다보고 있었지만 수호자가 지붕으로 올 리는 없다. 그들은 현관으로 당당하게 걸어 들어온다.

나는 집 주변을 둘러봤다. 그러고 나서 다시 위를 올려다보았더니 커다란 눈을 가진 말의 얼굴이 나를 내려다보고 있었다. 나는 깜짝 놀라 뒤로 펄쩍 뛰었다.

“누나, 뭐야?”

“자.”

내가 한쪽씩 장화에 발을 밀어 넣으며 덴버에게 말했다. 대체 왜 레오가 이 한밤중에 나를 찾아온 걸까?

"왜?"

덴버의 목소리가 속삭임처럼 부드러워졌다.

"누나…… 저거 누나 말이야? 저 말이 레오야? 나도 볼래!"

"나중에 보게 될 거야. 엄마 깨우면 안 돼. 엄마가 걱정하는 거 싫어. 지금은 자러 가. 갔다 올게."

나는 살금살금 밖으로 나가서 집 옆에 기대어 놓았던 낡은 사다리를 타고 올라갔다. 사다리를 사용한 지 오래돼서 사다리 계단마다 아이비 넝쿨이 휘감고 있었다. 전에는 옥상에 더 자주 올라갔었다. 엄마는 아빠랑 여기서 스타패치를 말려서 책 표지를 짰다고 했다.

내가 어렸을 때, 엄마 아빠는 나를 여기로 데려와서 별이 있었던 자리를 알려 줬다. 해가 지던 자리도. 조심스럽게 옥상으로 올라가 보니 레오가 널빤지 사이에 자란 풀을 요란하게 씹고 있었다. 내가 사다리의 마지막 칸에 오르자 레오가 고개를 들었다.

그리고 웃는 것처럼 다정하게 입을 살짝 젖혔다.

"너 때문에 놀랐잖아. 대체 여기서 뭐하는 거야?"

내가 레오의 얼굴에 내 얼굴을 기대면서 말했다.

레오가 코를 내 얼굴에 비볐다. 그게 레오의 답이었다. 그냥 나를 보러 온 거였다. 나도 모르게 하품을 했다. 레오가 편평한 옥상에 무릎을 꿇고 앉아 날개를 펼쳤다. 옆구리에 기대앉으라고 초대하는 듯이. 그래서 그렇게 했다. 나는 레오의 날개가 세상에서 가장 강하고 가장 부드러운 담요인 것처럼 날개 아래에 꼭 붙었다.

"너는 괴수가 무섭지 않아? 밤에는 괴수들이 나오잖아. 날아다니니까 괜찮아?"

레오가 괴수 따위는 걱정할 거 없다는 듯이 콧방귀를 꼈다. 레오가 고개를 숙이고 지붕에서 자라는 박하를 우적우적 씹었다.

팅. 도토리가 지붕에 맞고 통통거렸다. 팅.

다른 도토리가 레오의 코에 맞았다. 레오가 끙 앓는 소리를 냈다. 아래에서 익숙한 목소리가 소곤거렸다.

"야, 주근깨."

"아담?"

나는 최대한 큰 목소리로 속삭이고, 지붕 가장자리로 기어갔다. 아담이 나를 보고 모자를 살짝 들어서 인사했다.

"미쳤어? 밤에는 숲에 괴수들이 있잖아!"

내가 아래를 향해 속삭이며 소리쳤다.

"저 언덕만 넘으면 바로 우리 집이잖아, 몰리."

아담이 커다란 막대기를 하나 들어 보였다.

"게다가 준비도 돼 있고."

막대기로 괴수를 물리치다니 어림도 없다. 잘난 아너 텀브럴의 칼로도 괴수를 물리칠 수는 없을 것이다. 레오가 지붕을 가로질러 빠른 걸음으로 내게로 와서 행복하게 힝힝거렸다.

"쉬잇. 그만 걸어! 엄마 아빠 다 깨겠다!"

내가 조용히 하라고 했다.

아담이 활짝 웃었다.

"와, 잘됐다! 레오가 있었네! 뭘 좀 얘기해 줄 생각이었거든. 이제 직접 보여 주면 되겠다."

"안 돼! 지붕에 너무 많이 올라오면 안 돼. 내가 내려갈게. 레오."

내가 내 말과 눈을 맞추고 말했다.

"너는 여기 있어."

물론, 레오는 날아올랐다. 지붕을 박차고 뛰어내려 낙하산처럼 날개를 확 펼치더니 땅으로 내려갔다.

"말 타 볼래?"

아담이 흥분해서 발가락을 아래위로 꼼지락거렸다.

내가 고개를 절레절레 저었다.

"우리 둘 다 내일 일해야 하고 저녁에는 미션이 있잖아. 오늘 밤에는 날면 안 돼."

아담이 몸의 무게를 이쪽 발에 실었다 저쪽 발에 실었다 했다. 다시 어린애가 돼서 일하지 말고 놀자고 꾀는 것만 같았다.

"그냥……. 오늘 보니까 너를 좀 도와줘야 할 것 같아서."

아담이 버벅대자 내가 눈을 가늘게 떴다.

"나 잘하고 있어."

"기분 나쁘라고 하는 말 아냐! 어쨌든 너는 수업을 못 들었잖아.

나는 들었고. 내가 배운 걸 가르쳐 주겠다고. 그리고 내가 직접 날면서 깨우친 것도."

"네 말도 없는데 어떻게 우리가 말을 타?"

"같이 레오를 타면 되지."

"같이…… 탄다고?"

"그래. 내가 밧줄을 가져왔어. 저기 쓰러져 있는 나무 위에서 너한테 말 타는 걸 보여 줄 생각이었거든. 그런데 이걸 묶어서 레오의 고삐로 쓰면 되겠다."

아담이 재빨리 움직였다. 그러더니 나를 들어 올려서 나는 내 다리를 레오의 등에 확 걸쳤다. 아담이 말했다.

"네가 배워야 할 건, 네 몸으로 레오를 안내하는 거야. 앞으로 가려면 몸을 앞으로 숙여. 뒤로 빼면 멈추라는 뜻이야. 왼손으로 고삐를 잡을 수 있겠지? 오른팔에 묶어 놓은 건 신경 쓰지 마. 왼쪽으로 갈 때는 왼쪽으로, 오른쪽으로 갈 때는 오른쪽으로 당겨. 너무 세게 당기지는 말고."

나는 한쪽 눈썹을 치켜올렸다. 물론, 나는 레오와 연결되어 있다고 느낀다. 하지만 레오의 등 위에서는 균형을 잃고, 몸이 그렇게 떨리는데 몸으로 레오를 안내하라니 정말 말도 안됐다. 그래도 팔로만 하는 게 아니라, 몸 전체로 레오를 조종할 수 있도록 몸을 돌려가면서, 왼손으로는 고삐를 중간으로 당기려고 노력했다.

"그리고 금가루를 집을 때는 네 팝스냅 바로 위쪽의 느슨한 부분까지 오른팔로 고리 모양을 만들어. 이건 좀 연습이 필요할 거야. 그런데 이기 말로는 이건 누구나 연습이 필요하대."

"이기는 나 싫어해."

내가 투덜거렸다. 나는 고삐가 왼손에서 미끄러지게 뒀다가 고삐가 중간쯤 갔을 때 잡았다. 달릴 때는 앞으로. 멈출 때는 뒤로. 왼쪽으로 당기고, 오른쪽으로 당기고.

"이기는 그냥…… 사무적인 거 같아. 그런데 일단 알게 되면 우리가 아주 좋아하게 될 거 같아."

받아들이기 싫었지만 맞는 말이었다. 딱 한 번 보고 그 사람을 다 아는 척하는 건 쉽다. 하지만 한 번 보고 어떻게 알겠는가?

아담이 말했다.

"이기는 말에 대해서 잘 알아. 이기 말로는 다리로 지탱하는 게 요령이래. 몸으로 운전하고. 위엄 있게 말하라고 했지만, 그게 소리를 지르라는 뜻은 아니라고 했어."

아담이 레오의 옆구리를 부드럽게 툭 쳤다. 내 말이 어두운 숲을 향해서 빠른 걸음으로 걸어갔다. 말발굽 소리만 들렸다.

내가 조용히 말했다.

"무엇보다 말이야. 이기는 어떻게 스타버드를 탈 줄 알아? 이기가 아는 만큼은 우리도 안다고 장담해. 둘째, 그렇게 다 해 봐도 도움이 안 됐어!"

"그렇지 않아. 너는 레오한테 묻는 것처럼 말했어."

“마지막에는 좋아지고 있었어. 거의 감을 잡았는데 시간이 없었다고. 오늘 이후로 자신감이 확 떨어졌어.”

내가 어깨를 축 늘어뜨렸다.

“오늘은 다들 어려워했어.”

“넌 안 그랬잖아! 1000페더스워스도 받았고!”

아담이 말했다.

“겨우 주머니만 채운 거야. 네가 네 비행에만 너무 집중해서 몰랐을 뿐이야. 어떤 말들은 펄쩍 뛰면서 애들을 떨어뜨리려고 했어.”

여기서 내 마음이 좀 녹았다.

“아너도?”

아담이 씩 웃었다.

“아너는 하늘에서 내내 그랬지. 가까스로 금가루를 긁어 담긴 했지만 다른 애들처럼 엄청 우스꽝스러웠어.”

나는 행복하게 한숨을 쉬었다.

“듣기 좋네.”

“레오에게 직진하라고 말해.”

아담이 말했다.

레오가 빠른 걸음으로 걷자 오두막의 불빛이 더 멀어졌다. 내 팔도, 내 말도 보이지 않았다. 우리 앞에, 우리 근처에 뭐가 있는지도 보이지 않았다. 마치 그림자처럼 보이지 않는 존재가 된 기분이었다. 별들이 사라지고, 빛이 완전히 꺼져 버렸을 때 산사람들의 기분이 이랬을까.

반딧불이가 하나 반짝 빛났다. 반딧불이도 빛이었다. 어둠이 모든 것을 앗아갈 수는 없었다.

"너무 멀리 가면 안 돼. 괴수들이……."

내가 아담에게 말했다.

"괴수가 나타나면 레오가 우리를 구해 줄 거야."

아담이 말했다.

"언제든 말이 괴수를 밟아 줄 수 있을 것 같은 느낌이 들어."

숲에서 레오를 만났던 밤이 생각났다.

"나도 그렇게 생각해."

아담이 조금 지나서 말했다.

"그래서. 다시 날아 볼래?"

속으로는 단단히 걱정이 됐다.

"지금? 밤에는 밖에 있으면 안 되잖아."

"누가 알겠어?"

"누군가 보겠지. 괴수가 말은 무서워하더라도 너랑 나는 공격할지도 모르잖아."

"하늘에는 괴수가 없잖아. 어떻게 타는지 안 배우고 싶어? 그래야 다음번에 다시 말을 타면 돈을 받을 수 있지 않겠어?"

"내가 우리 둘 다 죽일지도 몰라."

"그럴지도 모르지."

아담이 살짝 소리 내 웃어서 내 목덜미가 따뜻해졌다. 아담이 자기 팔을 내 허리에 둘렀다. 걱정되던 마음에 더해 뭔가 다른 느낌이, 전혀 새로운 느낌의 긴장감이 목구멍으로 차올랐다. 목소리가 안 나왔다. 아담이 이렇게나 가까이 있었던 적은 없었다. 한 번도.

그런데 기분 나쁘지 않았다.

내가 발뒤꿈치로 레오의 옆구리를 툭 치자 레오가 어두운 숲으로 빠르게 걸어 들어갔다. 인정하기 싫지만, 이기 말이 맞았다. 다리로 말을 꽉 잡고 있으니까 몸 전체가 흔들리는 게 느껴지지 않았다. 이제 더는 온몸이 덜컹거리지 않았다.

"날아 볼까?"

조금 후에 아담이 말했다.

"좋아!"

아담의 목소리에 흥분한 기색이 있었다.

"좋았어. 이기가, 말이 날아오르기 전에 충분히 달려야 한댔어. 달리면서 말이 점점 속도를 높이거든. 지난번에는 그냥 절벽에서 출발했잖아. 그것도 괜찮지만, 달리다가 날아오르는 게 더 쉬워."

"레오."

나는 위엄 있게 레오의 이름을 불렀다. 부드러우면서도 위엄 있게. 나는 자세를 바꿔서 어깨를 뒤로 하고 다리를 꽉 붙이고 눈은 똑바로 앞을 봤다. 앞으로 몸을 숙이고 웃으면서 말했다.

"달려."

레오는 발굽으로 땅을 박차며 숲으로 달려갔다. 달리면서 점점 보폭이 커졌다.

레오가 달리자,

나무들이 흐릿해졌다.

바람이, 서쪽에서 불어오는 바람이, 차가운 밤에 따뜻하게 느껴지고

레오가 뛰어오르자…… 그 바람이 우리 얼굴로 가득 불어왔다.

이제 레오가 땅을 차지 않는다.

레오가 하늘 높이 날아오른다, 위로, 위로.

속이 울렁거린다.

숨이 막힌다.

나는 아담의 말대로 다리를 계속 레오의 옆구리에 꽉 붙이고 몸을 앞으로 숙였다. 내가 말했다.

"계속 가. 하늘로 계속 올라가."

레오의 비행은 부드러웠고 안정적이었다. 아담이 팔을 들어 밤에 대고 "우후!"라고 소리쳤다.

"왼쪽으로 가게 해 봐. 고삐만 부드럽게 왼쪽으로 들어."

아담이 바람을 맞으며 외쳤다.

부드럽게, 엄마가 말하듯이. '어쩌면 엄마가 스타버드에 꼭 맞는 사람일지도 몰라.'라는 생각이 들었다.

나는 고삐를 들고 동시에 레오에게 말했다. 그러자 레오가 왼쪽으로 급강하했지만 너무 부드럽게 움직여서 움직임이 거의 느껴지지도 않았다.

내가 기뻐서 소리를 질렀다. 나는 소리 내 웃고 있었다.

"레오가 했어!"

"너희가 한 거야, 주근깨! 너랑 레오가."

"네가 한 거야. 네가 가르쳐 줬잖아."

내가 아담에게 진심으로 말했다. 아담의 목소리에 웃음이 섞였다.

"우리는 좋은 팀인 거 같아."

"맞아. 너와 함께라면 어디든 날아갈 수 있을 거 같아."

진짜 그랬다. 정말 그럴 것 같았다. 세상이 안전할 때나 둘 다 단단한 땅에 확실하게 발을 딛고 있을 때는 누군가의 옆에 서 있는 게 쉽다. 하지만, 폭풍우가 몰아치는 구름을 뚫고도 비행할 수 있을 것 같다고 느끼게 하는 사람은 한 줌밖에 안 될 거라고 생각한다. 가장 어두운 밤과 맞서거나, 괴수와 싸우거나, 먼지를 견뎌 내거나, 어떠한 시련도 이겨낼 수 있을 것이라고 느끼게 하는 사람, 같이 있다는 이유만으로 내가 용감하고 필요한 사람이라고 느끼게 하는 사람은.

나는 레오를 강 쪽으로 몰았다. 물 위에 레오의 그림자가 비쳤다. 레오가 너무 낮게 날아서 발굽 끝이 물 표면으로 미끄러지자 강물이 은빛으로 부서지며 출렁였다.

"위로!"

내가 소리쳤다. 그리고 우리는 다시 하늘로 솟아서 소나무 위를 날다가 북쪽 숲을 빙빙 돌았다.

집에 가야 한다는 걸 알지만, 이 밤이 끝나지 않았으면 싶었다.

"레오를 착지시켜 봐, 몰리."

아담이 나를 일깨워 주었다. 우리는 적어도 15미터 정도 되는 높이의 나무 꼭대기 위에 있었다. 아래를 내려다보니 속이 좀 뒤집어졌지만 내가 배운 것을 되짚어가며 말했다.

"침착해, 레오……. 내려가."

레오가 땅 쪽으로 너무 빨리 내려갔다. 나무 꼭대기가 더 가까워지고 더 날카로워졌다. 내가 소리쳤다.

"진정해!"

"이런!"

아담이 말하면서 고삐를 잡아당기려고 나를 감싸고 손을 뻗었다.

"몸을 뒤로 빼고 착지하라고 말해! 몸을 뒤로 빼고 착지하라고 말하라고!"

하지만 아담의 말과 동시에 레오가 숲의 바닥으로 쾅 하고 내려앉고 말았다. 아담과 나는 레오의 등에서 튕겨 나와 땅바닥에 쿵 하고 떨어졌다. 약간 멍이 든 것 말고는 괜찮았다. 우리는 나뭇잎이 수북이 쌓인 곳에 누워 웃어 젖혔다. 레오는 나무에 매달린 유칼립투스 잎을 마음껏 먹고 있었다.

"다음에 한번, 착지하는 거 연습하자."

아담이 일어서면서 말했다. 내게 손을 내밀었다. 한손으로는 내 손을 잡고 다른 손으로는 조심해서 내 오른쪽 팔꿈치를 감쌌다.

"고마워. 모두 다, 고마워. 내일 보겠지? 미션에서?"

내가 잠옷을 털면서 말했다.

아담이 고개를 끄덕이고 모자를 살짝 들어 올려 인사하고는 숲으로 걸어가서 언덕 너머 자기 집 쪽으로 내려갔다. 말도 안 되는 괴수 퇴치용 막대기를 휘휘 흔들어대면서. 내가 레오에게 속삭였다.

"아담을 집까지 바래다줄까? 안전하게 갔는지 확실히 해 둘겸."

나는 내 말의 부드러운 코에 입맞춤을 했다. 레오가 날개를 옆구리에 붙이고 늙은 개처럼 다정하게 걷기 시작했다.

"야, 주근깨."

아담이 어둠 속 저 앞에서 소리쳤다. 너무 멀리 가서 나무들 사이로 더 이상 모습은 보이지 않았다.

"나도 너와 함께라면 어디든 날아갈 거야."

내 심장이, 산에 있는 다른 모든 것들처럼 먼지로 뒤덮였다고 생각했던 내 심장이, 스타패치처럼 떨려 왔다.

16장

펨버산맥

다음 날 아너 텀브럴은 칼 연습을 하느라 나를 내버려 두었다. 나는 일을 마치자마자 텀브럴의 집에서 쏜살같이 빠져 나왔다.

내가 지나가자 사람들이 자기 모자를 살짝 들어 올려 내게 인사했다. 조그만 여자아이가 내게 달려와 핑크베리 꽃을 주었다. 받으려고 손을 내밀다가, 그 아이가 자신의 머리카락을 내 것과 똑같은 초록색으로 칠해 놓은 것을 보았다.

엄마는 나를 자랑스러워하는 것 같지 않지만, 다른 사람들은 나를 자랑스러워했다. 이제는 산을 휘젓는 조용한 희망 같은 것이 있었다. 나는 꽃을 머리에 꽂고 다짐했다. 이번에는 내 컵을 채우는데 그치지 않고, 흘러넘치게 하겠다고. 굿 씨가 이제껏 상상한 것보다 더 많은 금을 담을 것이다.

아담과 그리어가 승강장 맨 끝에서 나를 기다리고 있었다. 마샤 아주머니도 나를 기다리고 있었다. 아주머니는 다른 남자아이들과 수다를 떨고 있었는데 팔에는 김이 모락모락 나는 커다란 상자를 들고 있었다. 애플 퍼프였다. 커다랗고 김이 모락모락 나는 애플 퍼프가 상자에 가득 담겨 있었다. 보통 때 같았으면 나도 흥분했겠지만 오늘은 숲속 공터로 가야 했다.

"잠깐만, 몰리."

마샤 아주머니가 나를 불렀다. 아주머니는 매브 할머니와 더스트 플라이트와 함께 이 먼지 가득한 산에서 가장 빛나는 존재다. 아주머니는 계곡 사람들이 내다 버린 낡은 커튼으로 옷을 만드는데 그 옷이 계곡 사람들이 입는 옷들보다 더 보기 좋았다.

"저도 아주머니랑 얘기하고 싶은데요. 그런데……."

내가 말했다.

"내가 오늘, 말을 타는 예쁜 너희들에게 주려고 애플 퍼프를 만들었단다. 그리고 너희 말들을 위해서이기도 하고. 여기 든 건 말이 먹어도 다 안전한 것들이란다."

내게서 아무 말도 못 들었다는 듯이 아주머니가 말했다.

"정말 감사해요. 그런데 저는……."

"진정해, 몰리."

아담이 입에 애플 퍼프를 밀어 넣으며 말했다.

"우리 아직 시간 많아."

마샤 아주머니가 몸을 앞으로 숙이고 속삭였다.

"나도 어렸을 때 스타버드를 탔단다."

매브 할머니가 긴 초록색 담뱃대를 잘근거리며 우리 옆으로 수레를 밀어 왔다.

"나도 탔었지! 그런데 우리 엄마가 못 타게 했지 뭐냐."

"우리 엄마도 그랬어요."

마샤 아주머니가 말했다.

"그래도 어쨌든 나는 탔어. 아직도 스타버드가 있으면 좋겠다. 돌아온 거면 좋겠어. 있지, 소문이 무성해. 마을에서는 어떻게 스타버드가 돌아온 건지 말들이 많단다. 스타버드가 돌아왔다면…… 언젠가 별들도 돌아오지 않겠니? 그럼 정말 굉장할 거야, 그치? 내 생에 다시 별들이 빛난다면 말이야."

내가 고개를 끄덕였다.

"그럴 거예요."

마샤 아주머니는 내게 김이 나는 애플 퍼프를 건넸다.

"이거 먹고 더 좋은 날들을 생각해."

아주머니가 말했다. 스타패치는 특히 사과나무에 잘 붙어서 어떤 사람들은 애플 퍼프를 먹으면 아직도 아주 약간의 별빛을 가질 수 있다고 믿었다.

"나도 너한테 줄 게 있다, 몰리."

매브 할머니가 옛날 신문에 싸인 꾸러미를 내게 건넸다.

"살 돈이 없는데……."

매브 할머니가 손사래를 쳤다.

"선물이라 생각해."

나는 꾸러미를 뜯어서 회색의 긴 작업복을 펼쳤다. 딱 내 사이즈였다. 매브 할머니가 말했다.

"그걸 입으면 날기가 훨씬 수월할 거야! 마샤 아주머니가 등에 페인트로 글씨를 썼단다."

내 머리 가닥과 똑같은 초록색으로 한쪽 어깨에서 다른 쪽 어깨까지 소용돌이치는 듯한 글씨체로 '하늘을 나는 몰리'라고 쓰여 있었다. 가장자리는 눈부신 은색 실로 바느질 장식이 되어 있었다.

"특별히 그 실을 아껴 뒀거든."

마샤 아주머니가 말했다. 아주머니와 매브 할머니가 활짝 웃었다. 꼭 맞는 선물을 주었다는 걸 알게 됐을 때의 기쁨으로 눈이 빛났다.

진짜 완벽했다는 뜻이다. 내가 진심으로 말했다.

"이건 원더와우예요."

"그럼 한번 입어 봐."

매브 할머니가 나를 숲으로 몰면서 말했다.

"서둘러. 오늘 미션을 해야 하잖아."

내가 돌아오자 매브 할머니와 마샤 아주머니가 기뻐서 손뼉을 짝짝 쳤다. 그리어는 웃었고, 아담은 뚫어지게 나를 쳐다봤다.

"……이상해?"

내가 아담에게 물었다.

아담은 눈에도 보일 만큼 침을 꿀꺽 삼키고는 고개를 저었다.

"안 이상해. 하나도. 하늘에서 제일 거친 기수처럼 보일 거야."

다행히 내 얼굴이 얼마나 빨개졌는지 아담이 보기 전에, 매브 할머니가 수레에서 깨진 거울을 꺼내 들고 나를 빙글 돌렸다. 매브 할머니가 거울을 들고 있어서 나도 내 모습을 볼 수 있었다.

예뻤다. 이 말은 너무 많은 의미를 담고 있어서 좀 묘한 말이다. 어떤 여자아이들은 풍성한 드레스를 입었을 때 자신이 예쁘다고 느낀다고 했다. 콜탑에서는 열네 살 생일에 자신이 제일 좋아하는 색깔과 꽃으로 치장한 드레스를 주문하는 게 전통이었다. 하지만 먼지가 덮쳐 오고 나서 그것도 끝이었다. 소소한 재미를 누릴 시간이 없었다. 사실 나는 그런 걸 경험하지 못할 거라고 해서 아쉽지는 않다. 드레스를 입고 한 번도 멋지다는 생각을 해 본 적이 없다.

하지만 이걸 입으니 정말 아름답다는 느낌이 들었다. 그저 회색, 하늘이나 탄광에 있는 먼지처럼 회색일 뿐이었지만 내가 입으니 거칠게 보였다. 내 얼굴에 얼룩진 먼지처럼 강해 보였다. 머리에서 빛나는 초록색 가닥이 비가 오고 난 뒤의 봄 나무처럼 환했다. 말을 탈 때 다른 남자아이들이 하듯이 소매를 걷어 올리지는 않았다. 내 팝스냅이 두드러지는 건 원치 않았다. 나도 모르는 새 나는 빙글빙글 돌았다.

마샤 아주머니가 깔깔댔고 매브 할머니도 빙그레 웃었다.

"이제 말을 탈 준비가 된 것 같구나."

매브 할머니가 말했다.

"이제 '하늘을 나는 몰리' 처럼 보인다."

공터로 가서도 시간이 넉넉해서 아담과 나는 말을 탈 준비를 하는 다른 남자아이들에게 애플 퍼프를 나눠 주었다. 은색으로 바느질 장식된 작업복 때문에 너무 행복해져서 심지어 아너에게도 하나 주었다. 하지만 아너는 눈을 굴렸다.

"옷 좋네."

아너가 비아냥거렸다.

"탄광에 가는 남자애들한테 지급하는 옷 같고 좋아. 곧 덴버도 맞는 걸 하나 얻게 되겠지?"

나는 손에 있던 애플 퍼프를 꼭 쥐고 아너의 널찍한 이마 중간에 정통으로 던지려고 했는데, 그리어가 내 손을 잡고 우리를 떼어 놓았다.

"자, 이제! 주목해, 멍청이들아. 그만 떠들고."

이기는 머리를 또다시 갈색 털실로 짠 모자 안에 틀어 올리고, 끝도 없는 확인 사항들을 보고 있었다.

"잘 들어. 나는 두 번 얘기 안 해! 오늘은 펨버산맥에서 금을 채취할 거다. 지도!"

펨버산맥은 내가 가장 보고 싶었던 산맥이었다.

수호자들이 이기의 명령에 따라 나무에 풀어 둔 지도를 보니, 우리가 서 있는 곳에서 펨버산맥이 실제로 얼마나 멀리 떨어져 있는지 실감

났다. 이기가 계속 말했다.

"그러니까, 이 숲을 떠나서 북쪽으로 날아가. 보이지? 그리고 눈으로 덮인 산맥으로 향하는 거야. 꼭대기까지 한 시간 정도 걸릴 거야. 느린 말이라면 두 시간이 될지도 모르고."

이기가 아담의 말, 제프를 보고 미소를 지었다. 아담이 제프의 코를 툭툭 두드려 주었다.

"쉬울 것 같지?"

이기가 물었다. 그러고 나서 소리쳤다.

"흠, 안 그래! 처음부터 엄청나게 추울 거야. 모자와 스카프가 여기 있으니까 두르는 게 좋아. 안 했다간 얼어 죽어. 그리고 굿 씨가 보내준 특수 고글도 있어. 이걸 쓰면 눈보라 속에서도 볼 수 있을 거야. 눈보라가 휘몰아칠 거거든. 굿 씨는 여기 있다가 너희들이 금가루를 담고 돌아오면 무게를 달고 거기에 맞는 페더스워스를 주실 거야. 금을 가져왔을 때 얘기지만. 자, 행운을 빌게, 죽지 않도록 해, 알겠지? 그리고 내 말들 조심해서 다루고!"

"말 타자."

내가 말하자 아담과 그리어가 고개를 끄덕였다.

우리는 허리춤에 컵을 묶었다. 밑으로 손을 뻗어서 컵을 풀고 금가루를 담는 것은 내가 연습해 보지 않은 거였다. 그래도 말을 타는 건 좀 나아졌다고 느꼈다. 우리는 모자를 쓰고 스카프를 두르고 고글을 썼다. 그런데 그때 뭔가가, 아니 누군가가 내 다리를 툭툭 치는 느낌이 들었다.

"요령이 더 필요해, 몰리?"

이기가 조그만 손을 엉덩이에 올리고 내 앞에 서 있었다.

"아니면 오늘 또 다른 쇼를 선보일 거야?"

"아니야. 오늘은 말을 탈거야. 여기 서서 사람들한테 이래라 저래라 말로 하는 건 쉽지. 저 위로 올라가서 진짜로 하는 건 어렵다고."

이기의 입술이 일그러졌다.

"나에 대해서 하나도 모르잖아, 똑똑하신 몰리. 누구나……"

"비밀을 갖고 있지."

내가 대신해서 말을 끝맺었다.

"어쨌거나. 내 이름은 몰리야, 똑똑하신 몰리가 아니라. 먼지투성이 몰리도 아니고, 그냥 몰리야. 다른 사람은 몰라도, 너는 내 이름을 갖고 놀리면 안 되지. 이기가 진짜 이름이긴 한 거야?"

내가 궁금하다는 듯이 이기를 쳐다봤다.

"네가 상관할 바 아니지만, 그래 맞아! 이기는 내 성이야! 아빠가 나를 이기 썸프라고 불렀거든. 온갖 다른 이름으로도 불렀지. 대부분 내 키 때문에 붙은 이름. 주로 꼬맹이라고들 불렀고, 반 토막, 땅속 요정이라고도 했어. 사람들은 늘 내 키를 제일 먼저 묘사하거든. 상관없어. 왜냐하면 나는 내가 자랑스러우니까. 나는 내가 누군지 알거든."

"화나게 하려고 그런 거 정말 아니야."

내가 확실히 했다. 이기가 소리를 지르리라곤 생각하지 못했다.

"진짜로 그냥 궁금해서 물어본 거야."

"내 말 아직 안 끝났어!"

이기가 심장을 가리키는 것처럼 손가락으로 자기 가슴을 쿡 찔렀다.

"이기 썸프는 아빠가 지어준 이름이야. 아빠는 나를 용감하고 똑똑하고 멋지다고도 하셨지. 그러니까 이기라는 이름은 나한테 그 모든 걸 의미해. 내가 까칠하다고 하고 싶으면 그렇게 해, 몰리 소녀. 너도 나처럼 누군가를 그리워하면 까칠해질걸? 네가 뭐라 말하든 상관없어. 왜냐하면 사랑이 내가 누군지를 말해주거든. 너에게 해 줄 말은 이게 다야."

그러고는 쿵쾅거리며 가 버렸고, 먼지 가득한 진흙 위로 그녀의 자그마한 장화 자국이 희미하게 남았다.

레오가 곁눈질로 흘깃 나를 봤다. 내가 레오에게 말했다.

"미안해. 난 그냥 물어본 거라고! 갔다 와서 사과할게."

이기가 공터의 중앙에서 소리쳤다.

"올라 타! 밤새도록 있을 거야?"

확실히 남자아이들은 이미 기수로서 자신감이 붙어 있었다. 나란히 달리면서 서로를 말 등에서 떨어뜨리려고 낄낄거리면서 장난을 치다가, 말들이 하늘 위로 날아오르면 신나서 소리를 질러댔다. 저 아이들에게는 이게 놀이일 뿐인지도 모른다. 하지만 나한테는 훨씬 많은 것을 의미했다. 네 번을 타면 빚을 다 갚게 된다. 완전히 새로운 인생을 만들 수 있을 것이다.

"준비됐어?"

아담이 내 옆으로 말을 타고 왔다. 나는 고개를 끄덕이고 레오에 올라탔다. 안장에 앉아서 손으로 고삐를 잡았다. 내 주위로 말을 탄 아이들이 점점 더 많아졌다. 말들은 흥분해서 머리를 흔들고 귀를 까닥까닥 움직였다.

수호자 한 명이 신호를 보내자, 우리는 말들이 빨리 걷도록 유도했다. 땅을 울리는 말발굽 소리가 내 가슴을 관통하는 천둥처럼 메아리쳤다. 내 앞으로 몇몇 말들이 뛰어올랐다. 아너 텀브럴, 그 다음에는 그의 무리들, 그리고 그리어와 콜탑의 남자아이들이.

침착하자. 저만치서 이기가 아이들이 날아가는 것을 모두 지켜보고 있었다. 마치 자신을 포옹하려는 것처럼 팔로 조그만 가슴을 꽉 감싸고 있었다.

레오는 벌써 높이 뛰고 있었다. 공중으로 날고 싶어서 안달이었다. 나는 레오의 옆구리를 발뒤꿈치로 툭 쳤다. 한 번. 두 번.

"레오, 날아!"

레오가 공중으로 날아올랐다.

"잘했어. 우리는 할 수 있어……."

내가 다시 숨을 휴우 내쉬면서 말했다.

나는 덴버에게 얘기해주기 위해서 날아오르는 모든 순간을 기억하고 싶었다. 하지만 이런 마법 같은 기분을 어떻게 설명한단 말인가?

레오가 올라가자 속이 텅 비는 기분이었다. 이 위에서 나는, 공기처럼 가벼웠다. 금세 공포감이 그 텅 빈 공간에서 파닥거렸다. 하지만 높이 올라갈수록 공포감은 기쁨으로 녹아들었다. 지우고 싶어도 얼굴에서 미소를 지울 수가 없었다.

먼지는 나보다 한참 위에 있어서 내게 영향을 미치지 않았고, 나는 그 위로 날아가는 상상을 했다. 어둠에 구멍을 남기고.

레오가 말발굽으로 바람을 때렸다. 레오는 공중을 달리고 있었다. 그리고 우리는 위로 높이 날아올랐다.

"저기 아래를 봐! 콜탑이야!"

아담이 내 옆으로 날아와서 소리쳤다.

이렇게 높은 데서 우리 집을 보게 될 줄은 몰랐다. 어제는 떨어져 죽지 않는 것에만 신경을 쓰느라 다른 건 하나도 알아차리지 못했다. 하지만 지금은 모든 것을 선명하게 볼 수 있었다. 엄청 많은 조그만 오두막들. 숲에 사는 동물의 불타는 눈 같은 작은 창문들. '저 지붕들 아래에 아주 많은 사랑과 걱정들이 있지.' 라고 생각했다. 우리는 북쪽 숲, 바로 우리 집 위를 지났다. 어쩌면 엄마에게도 내가 보일지 모른다. 어쩌면 지금 이 순간 여기 있는 내가 얼마나 용감해 보이는지 아빠에게 말하고 있을지도 모른다.

수십 미터를 날고 나자 바람이 차가워지더니 추워졌다. 말들은 안정적으로 위로 날아올랐고 간간히 날개를 펄럭였다.

"낮게 내려앉은 먼지 조심해!"

아담이 소리쳤다. 먼지는 우리 위로 족히 30미터는 되는 높은 곳에 있었지만, 작은 구름 조각들은 낮게 내려앉아 있었다. 레오와 나는 그것들을 요리조리 손쉽게 피했다. 모든 기수들이 거대한 먼지 구름을 피해서 오른쪽으로 방향을 틀자 눈에 덮인 험준한 산이 나타났다.

얼음투성이에 날카롭고, 먼지에 닿을 정도로 높이 솟은 펨버산맥이 우리를 기다리고 있었다. 처음에는 공기가 주근깨만 한 눈으로 변하더니, 이제는 깃털처럼 보였다. 우리 주변으로 떨어지던 눈은 산에 가까워질수록 더 굵어져서, 우리가 위로 날아오르자 수천 개의 하얀 별처럼 마구 쏟아졌다. 추워서 얼굴이 데는 것 같았다.

"조심해!"

내가 몸을 살짝 앞으로 기울이고 말했다. 레오는 아무렇지도 않게 자세를 바꾸고 첫 번째 뾰족한 정상으로 향했다.

바람이 웅웅거리며 우리를 밀어내 모두 다른 길로 날려 보냈다. 그리어가 내 옆에서 부딪혔다.

"미안해, 몰리!"

깜짝 놀라서 손에 잡은 고삐를 놓칠 뻔했지만 다시 바로 잡았다. 레오가 똑바로 서 있으려고 버티느라 몸이 떨리는 게 느껴졌다.

나는 고글이 얼굴에 꽉 붙어 있는지 다시 한번 확인하고, 렌즈 바로 위에 있는 버튼을 재꼈다. 그러면 반짝이는 것들을 자세히 볼 수 있었다. 특히, 산꼭대기는 엄청 반짝거렸다. 그게 우리가 찾는 금가루였다. 기수들이 벌써 꼭대기로 덤벼들고 있었지만, 먼지만 한 주먹 움켜쥐고 바람에 밀려났다.

좋은 생각이 떠올라 나는 레오의 갈기에 얼굴을 댔다.

"아래로!"

레오는 내 다리 쪽으로 날개를 딱 고정시키고 코를 아래로 하고 뛰어내렸다. 산 중턱까지 내려왔을 때 나는 고삐를 부드럽게 당기고 두 가지를 명령했다.

"착지, 레오! 걸어서 올라가!"

레오가 수직으로 착지하면서 발굽이 산의 옆면에 쿵 하고 부딪혔다. 산의 옆면으로 올라가자 바위와 얼음 조각이 땅으로 떨어져 내렸다. 나는 내 몸의 무게를 앞쪽으로 보내고 고삐를 꽉 잡고 있었다. 내 옆에서 아담도 똑같이 하고 있었다.

고글을 통해 빛나는 것을 발견하자 나는 컵을 풀고 몸을 낮춰서 산 가장자리를 따라 그것을 위에서 덮쳤다. 다시 들어 올렸을 때는 컵이 묵직했다! 컵 안에 반짝이는 게 담긴 걸 보니, 가슴이 날아올랐다. 산의 정상에서 내가 소리쳤다.

"레오! 뛰어내려!"

꼭대기에서 레오와 제프가 뛰어내려서 산의 다른 옆면으로 날아가자 아담와 나는 둘 다 기뻐서 환호성을 질렀다.

또다시 레오가 산의 옆면에 수직으로 착지했다. 이제 다른 기수들도 우리를 보고 똑같이 하고 있었다. 나는 등자를 딛고 일어서서 레오가 꼭대기로 오르는 동안 말 등에서 떨어지지 않으려고 중력과 싸웠다.

금가루를 낚아챘다. 바람이 휘몰아쳤다.

"레오, 뛰어내려!"

컵이 거의 다 찼다! 레오가 공중으로 날아오르면서 거칠게 힝힝거렸다. 레오는 날개를 활짝 펴고 날았다. 뛰어내려서 다음 산을 오르기 전에 짧은 휴식이 필요하다는 걸 알아챘다. 아담에게 말하려고 옆을 봤다.

쾅! 뭔가가 내 어깨에 부딪혔고 눈앞이 희미해졌다. 등이 찌릿찌릿했다. 고개를 들어보니 아담이 사라지고 없었다. 아너 텀브럴이 내 옆에서 날고 있었다.

아너가 등자에 다시 장화 발을 끼워 넣고 능글맞게 웃었다.

"뭐 하는 거야?"

내가 소리 지르자 아너가 안장에서 일어서서 내게 발길질로 답했다. 또다시.

"하지 마!"

내가 안장에서 일어나서 몸을 앞으로 기울이면서 소리쳤다.

"달려, 레오!"

레오는 아너의 장화 발에 맞기 직전에 벗어났다. 내가 소리쳤다.

"그만하라고!"

아너가 칼을 뽑더니 내 컵에 구멍을 냈다.

"안 돼!"

내가 손가락 사이로 떨어지는 금가루를 손으로 움켜잡으며 소리쳤다.

"몰리! 더럽긴 하지만……."

위에서 날고 있던 그리어가 내 옆으로 재빨리 내려와서 씹던 껌을 내밀었다.

"좋았어!"

나는 재빨리 껌으로 구멍을 막았다.

아너가 내 위로 오는 게 보여서 나는 컵을 허리춤에 다시 묶었다.

"가."

내가 이를 악물고 명령했다. 나는 고삐를 당겨서 우리 앞에 있는 엄청나게 높고 뾰족한 산 정상을 향해 가도록 레오를 조종했다. 이번에는 그 무엇도 나를 막을 수 없다. 아너든, 날씨든, 휘몰아치는 바람이든. 나는 내 컵을 채울 거다.

눈이 소용돌이치며 떨어졌다. 얼음이 내 얼굴에, 내 손에, 내 말의 머리칼에 엉겨 붙었다.

하지만 레오는 멈추지 않았다. 나도 그랬다.

"뛰어내려!"

나는 이를 악물었다. 레오 옆구리를 내 다리로 꽉 조였다.

뛰어내렸다. 아래로 아래로 아래로, 그리고…….

마지막 순간에 고삐를 살짝 당기자 레오의 발굽이 산에 쿵 하고 내려앉았다. 우리는 아너 텀브럴과 경쟁하면서 정상을 향해 달렸고 둘 다 금가루로 주머니를 가득 채웠다.

아너가 나를 협박하게 두지 않을 것이다. 오늘은 '먼지투성이 몰리'가 아니다. 나는 '하늘을 나는 몰리'다. 엄마가 봤으면 좋겠다. 아빠가 여기 있었으면…….

레오가 정상에서 뛰어내릴 때, 나는 우리가 사실상 세상의 천장에 있다는 걸 깨달았다. 멀리, 저 멀리 잊힌 산이 보였다. 그리고 먼지는…… 손에 닿을 듯했다. 만져 보고 싶었다. 이렇게 가까이에 있으리라고는 상상도 못했다.

나는 피부로 직접 먼지의 알갱이를 느껴 보고 싶어서 왼팔을 들어 손가락을 위로 쭉 늘였다.

"올라가, 레오."

내가 조그맣게 말했다.

"조금만 더 위로……."

이상한 건 먼지에 가까이 갈수록 점점 더 화가 났다는 거다. 그냥 화가 나는 정도가 아니라 분노가 치밀었다. 아너의 코뼈를 부러뜨리고, 아너가 내게 한 것처럼 똑같이 아너의 어깨를 짓밟는 상상을 했다. 상처를 주는 것들을, 부러뜨리는 것들을 상상했다. 내 안 깊은 곳에서는 비명이 터져 나오려고 했다.

"더 높이."

내가 사납게 소리를 질렀다. 하지만 레오는 힝힝거리며 낮게 날았다.

먼지에서 멀어지자 나의 분노도 옅어져서 그저 피곤함으로 바뀌었고, 나는 레오의 등에 쓰러졌다.

'얌전하게 굴어, 몰리.' 레오가 날아서 나를 집으로 데려가는 동안, 엄마가 속삭이는 소리가 들렸다.

바람 계곡 위. 그 위로 높이 솟은 잊힌 산.

천천히 원을 그리며 날고 있는데, 밤을 뚫고 현관의 전등 불빛들이 보였다. 여기저기 작은 모닥불이 있었다. 그리고 나는 내가 태어난 곳이 무척 자랑스러웠다. 수년 전에 우리는 별빛을 잃어버렸을지도 모른다. 하지만 저기 있는 사람들은 여전히 자신들이 얼마나 빛나고 있는지 알까?

모두가 돌아왔을 때는 숲속 공터 위로 땅거미가 내려앉아 있었다. 야영장 주위로 전등불이 깜박거렸고 기수들은 조그만 모닥불 근처에 둥글게 모여 휴식을 취했다. 모티머와 그의 부하들은 금가루의 무게를 달았다. 레오와 다른 말들은 쉬게 해주려고 이기가 데려갔다. 나는 콜탑 아이들 옆에 서서 내가 받을 돈을 기다렸다.

"몰리 램블, 1000페더스워스."

모티머가 떨리는 내 손에 주머니를 떨궜다.

"다음 번 미션 때까지 새 킵을 마련해 주도록 하마."

휘몰아치는 기쁨으로 그렇게, 피곤함이 사라져 버렸다. 이렇게 많은 빚을 갚은 건 처음이다. 그것도 단 한 번의 비행으로! 어쩌면 모티머는 내게 세상을 준 거나 마찬가지였다.

모티머가 매력적인 미소를 지었다.

"잘했다, 몰리 양."

그러고 나서 우리가 서 있는 중앙으로 걸어오더니, 팔을 들어 올리고 선언했다.

"여러분도 알다시피 이 숲은 밤에는 위험하다. 하늘에서도 목숨을 걸고 날았는데, 집으로 갈 때도 목숨을 걸라는 건 온당치 않다고 생각한다. 오늘 밤은 여기서 야영을 하도록 하겠다. 수호자들과 내가 여러분을 지켜 주겠다."

"부모님이 엄청 걱정하실 거예요!"

내가 한 발짝 앞으로 나서며 말했다. 내 생각에 공터에 있던 남자 아이들이 즉각 동의했다.

"나도 안다. 여러분의 가족들에게 안전하다고 전하겠다."

모티머가 부드럽게 말했다.

나는 갑자기 밀려든 공포를 들키지 않도록 눈을 내리깔았다. 어떻게 전한다는 거지? 수호자를 보낼 건가? 그 사람들이 덴버를 찾아낼까? 덴버는 숨어 있다고 스스로에게 일렀다.

"매브 할머니도 숲을 지켜볼 거야."

아담이 내 머릿속에서 소용돌이치는 생각을 들을 수 있기라도 하듯 내 옆에서 속삭였다.

"덴버는 숨어 있잖아, 몰리. 괜찮을 거야."

수호자 한 명이 모티머에게 달려와서 그의 귀에 대고 뭔가를 속삭였다. 모닥불의 불꽃에 비친 그의 얼굴에서 웃음기가 서서히 가시고 눈빛이 변했다. 이제 눈빛은 차가워 보였고 우리가 꽤 익숙해진 그 열정적인 번뜩임도 없었다. 그 얼굴을 보니 움츠러드는 기분이었다.

"몇 분 전만 해도."

모티머가 목소리에 힘을 주고 시작했다.

"9킬로그램의 정도의 금가루가 있었다. 지금 저울은 7킬로그램을 가리키고 있다. 어려운 때라는 건 안다, 친구들. 하지만 미션을 하는 동안 훔치는 건 용납할 수 없다. 훔쳐간 사람에게 조용히 다시 가져다 놓을 수 있도록 30분을 주겠다. 만약 돌려놓지 않는다면, 누가 그랬는지 내가 반드시 찾아내도록 하겠다."

눈으로는 공터를 둘러보면서 손은 칼 위에 올려놓았다.

"그리고 더는 기수가 될 수 없을 것이다."

한 명의 수호자가 모티머의 옆으로 걸어왔다. 그 사람은 젊고 키가 컸는데 아너처럼 늘 칼집에 손을 올려놓고 있었다. 그 사람이 말했다.

"나라면, 나 자신을 살펴보겠다. 어두운 마음은 괴수들을 부른다. 도둑과 거짓말쟁이들이 가장 빨리 괴수를 불러내지. 두고 보도록."

모티머가 수호자들과 함께, 공터에서 멀리 떨어진 곳에 세워 놓은 키 큰 텐트로 쿵쾅거리며 가 버렸다. 나는 아담과 그리어를 봤다.

"우리 서로의 물건을 봐줘야겠어. 아너랑 그 무리들이 우리한테 덮어씌우려고 할 거야."

우리는 고개를 끄덕이고 주머니를 우리 쪽 가까이로 당겼다. 나는 자지 않을 것이다. 필요하다면 밤도 샐 거다. 어둠이 우리를 감쌌고, 가끔씩 아너의 눈이 나를 보고 있는 게 느껴지는 것 같았다.

밤이 찾아오자 공기가 탁해졌다. 우리는 코에 스카프를 두르고 서로 가까이 붙어서 이야기했다. 바로 그때 내 말의 기운이 느껴졌다. 둘러보니 레오가 나무들 뒤쪽에 서서 나를 보고 있었다.

"레오가 내가 오길 바라."

내가 조그맣게 말했다.

아담이 고개를 돌려 봤다.

"안 돼. 괴수들이……."

"레오가 괴수한테서 나를 보호해 줬잖아."

내가 말했다.

"나한테 보여 주고 싶은 게 있나 봐."

나는 아담에게 내 주머니를 내밀었다.

"이거 좀 맡아 줄래?

아담이 고개를 끄덕이고 주머니를 다른 쪽 겨드랑이에 끼웠다. 그리고 나는 슬쩍 빠져나가서 숲에 있는 내 말에게 갔다.

"왜 그래?

내가 레오의 다정한 얼굴을 만지려고 손을 뻗으며 물었다.

레오는 내가 같이 걸을 수 있도록 천천히 걸었다. 이렇게 몸집이 큰데도 레오는 아주 조용히 움직였다. 발굽 아래 나뭇가지 부러지는 소리도 안 났다.

레오가 멈춰서 나도 멈췄다. 앞쪽에 빛이 있었는데 야영지에서 이렇게나 떨어진 곳에서 누가 뭘 하는 걸까?

그 빛은 우리 앞에서 타고 있는 거대한 전등에서 나오는 빛이었다. 모티머와 몇몇의 수호자들이 불 주변에 둥글게 둘러서서 뭔가를 서로 소곤댔다. 모티머가 무릎을 꿇고 앉아 바닥에 뭔가를 뿌리고 검은 흙과 그것을 휘저어 섞었다. 그러고 나서 손가락을 모아서 꾹 눌렀다가 뭔가를 뽑아내는 듯한 동작을 반복했다. 휘젓고 뽑아내고, 휘젓고 뽑아내고. 수호자들이 모두 한 걸음 뒤로 물러서서 모티머의 작업에 시선을 집중하고 있었다. 그들 중 한 명은 지켜보면서 필요할 때면 언제든 내려칠 태세로 손을 칼 위에 올려놓았다.

모티머의 손가락을 빠져나가 손 아래에 있던 먼지들이 땅에서부터 일어나기 시작했다. 밀고 당기는 폼이 마치 엄마가 빵 반죽을 하는 것 같았다.

모티머가 움직이자 그의 손 아래 있던 먼지가 부풀어 올랐다. 심지어 내가 서 있는 곳에서도 한쪽 끝에서 휙휙 움직이는 꼬리 비슷한 것이 보였다. 다른 쪽에는 뾰족한 주둥이 같은 것이 보였다. 모티머가 눈을 감고 뭐라고 중얼거리자 부드럽던 생명체의 등이 빳빳해지면서 척추를 따라 비늘이 쫙 일어섰다.

'모티머가 저걸 지금 만들어 낸 건가?' 하지만 말이 안 됐다. 수호자들은 이런 생명체로부터 우리를 보호해 주는 사람들이잖아. 그런데 왜 그게 모티머가 주무르는 대로 자라는 것처럼 보였을까?

내 몸이 주제할 수 없을 정도로 떨리고 있다는 걸 그제야 알아차렸다. 레오가 내 곁에서 든든하게 나를 지탱해 줬다.

"저 사람들이 괴수를 잡은 거야."

한 수호자가 한쪽으로 물러서자 그 생명체, 뱀이 둥글게 돌다가 움직이기 시작했다. 불빛에 비친 뱀의 모습을 조금밖에 못 봤지만 숲으로 스르르 미끄러질 때 비늘이 반짝 빛났다. 모티머와 수호자들은 말없이 잠시 기다렸다가 그 뱀 괴수가 향한 숲으로 바싹 붙어 따라갔다.

야영장에 있는 모든 사람들에게 알려야 했다. 나는 벌떡 몸을 세우고 레오에 올라탔다. 나는 안장도 없이 레오를 타고 숲을 달렸다. 나뭇가지들이 얼굴을 긁어댔지만 개의치 않았다. 아담과 다른 기수들에게 이 생명체가 그쪽으로 가고 있다고 알려 줘야 했다.

"더 빨리."

내가 재촉했다. 야영장을 앞에 두고 수목한계선에 이르렀을 때, 비명이 들려서 이미 늦었다는 걸 알았다.

뱀이 번들거리며 수풀을 헤치고 미끄러지듯이 야영장을 향하고 있었다.

"도망쳐!"

내가 레오의 등에 올라탄 채로 숲에서 뛰쳐나오며 소리쳤다.

"도망쳐!"

남자아이들이 다급하게 주변을 흘깃거렸다. 나는 여러 달 동안 악몽에 나왔던 광경을 가리켰다. 레오를 만났던 밤에 본 것과 너무나도 비슷한 빛나는 노란 두 눈, 그 중앙에 세로로 난 검은 선을 가리켰다. 뱀을 보고 아담이 울부짖었다.

"가자!"

아담이 그리어에게 소리치면서 그 작은 아이의 소매를 붙들어 잡고 일으켜 세웠다. 니코와 코너도 자신의 주머니를 움켜쥐고 달렸고 모든 아이들이 똑같이 했다. 하지만 이 어둠 속, 먼지가 온통 일어나는 상황에서는 더 이상 뱀이 보이지가 않았다. 아너와 그의 무리들은 지루한 표정으로 모닥불 주위에 있었다.

"괴수야!"

내가 소리쳤다. 아너는 믿지 않는다는 듯이 고개를 절레절레 저었지만, 한 친구가 손가락으로 가리키며 비명을 지르고 아너를 잡아 세웠다. 그 아이들은 모두 아너를 자신들의 앞으로 밀었다.

"칼 가지고 있는 사람은 너밖에 없잖아! 죽여!"

한 명이 말했다.

"뭘 죽여? 보이지도 않아!"

아너가 소리를 질렀다. 앞으로 칼을 내밀고 있었지만 하도 심하게 떨어서 칼날이 모닥불 불빛과 함께 춤을 췄다.

눈을 가늘게 뜨고 살피자 마치 이 모든 것을 즐기는 듯이 난리통으로 괴수가 미끄러지는 것이 보였다. 반짝이는 두 눈. 한껏 드러낸 송곳니. 아너가 비명을 지르면서 친구들을 밀치고 도망갔다. 괴수가 우리를 미끄러지듯 지나칠 때, 레오가 발굽으로 쿵 내려찍었지만 아깝게 머리를 놓쳤다. 나는 레오의 등에서 내려와 모닥불에 있던 불타는 막대기 하나를 집어서 앞으로 쭉 내밀었다. 다른 남자아이들도 똑같이 하고 있었다. 이걸 쫓기 위해서 뭐라도 하고 있었다.

"수호자들은 어디 있는 거야? 우리를 지켜 줘야 할 거 아냐!"

아담이 소리쳤다.

나는 주변을 둘러보았지만 아무도 보이지 않았다. 모티머가 숲에서 괴수를 놓쳤나? 이 공터로 올 거라고는 생각하지 못한 걸까?

내 옆에서 헐떡이는 숨소리가 들려서 보니 아너가 그 잘난 칼을 들고 있었다.

"죽여."

내가 아너에게 말했다.

"아니면 그 칼 나 줘. 내가 죽일게."

괴수가 갑자기 우리 쪽으로 방향을 틀자 아너가 칼로 미친듯이 난도질을 해대는 바람에 땅바닥에 긴 칼자국들이 났다.

"잠시만! 모두 가만히 있어 봐!"

아너 친구 중의 한 명이 소리쳤다. 그 아이는 자기 앞에 종이 주머니를 하나 들고 있었다. 독이라도 든 듯, 자신은 이것과는 전혀 관련이 없다는 듯 멀찌감치 들고 있었다.

"수호자들이 괴수는 거짓말쟁이를 알아본다고 했잖아."

그 아이의 얼굴에서 눈물이 굴러 떨어졌다.

"내가 실토하면, 우리를 내버려 둘 거야."

그 남자아이가 공터 중앙에 있는 모닥불로 걸어갔다. 그러자 비늘이 맹렬하게 물결치면서 괴수가 천천히 고개를 들어 노란 눈을 그 아이에게 고정했다.

"미안해."

그 아이가 주머니를 땅바닥에 던지자 훔친 금가루가 쏟아졌다.

우리가 숲에서 들었던 것 같은 사나운 비명과 함께 뱀이 그 남자아이에게로 달려들었다. 그 아이가 재빨리 피해서 뱀은 불 속으로 떨어졌다. 그리고 그 위로 반짝이는 먼지가 조그맣게 퍽퍽 소리를 내며 터졌다.

공터가 조용해졌다. 우리는 횃불을 들고 피곤한 눈으로 지켜보며 서 있었다. 수호자 한 명이 걸어 와서 울고 있는 아이에게서 금 주머니를 가져갔다. 이제 수호자들이 모두 돌아와서 공터 가장자리에서 우리를 지켜보고 있었다. 그들은 아무 말도 하지 않았다. 심지어 모티머도 팔짱을 낀 채 지켜보기만 했다.

아담이 내 옆으로 걸어왔다.

"너 저게 어디서 오는지 봤어?"

왜인지는 모르겠지만 나는 "아니."라고 대답했다. 아주 작은 거짓말일 뿐이다, 콩알만 한. 뭔가를 숨기는 기분이 좋지 않았다.

다음 날 아침에 집으로 달려갈 때도 여전히 밖은 어두웠다. 엄마는 분명 공포에 떨었을 것이다. 엄마가 숲을 가로질러 나를 찾으러 달려오지 않은 게 놀랍다. 모티머가 전갈을 보냈다고 하더라도.

수호자를 우리 집에 보냈을까? 걱정은 폭포처럼 마음속의 다른 모든 생각을 다 끄집어냈다. 북쪽 숲이 원래 이렇게 조용했나? 매브 할머니가 앞에 있는 걸 보고 험한 길로 빙 돌아갔다. 나무에 기대선 할머니는 풍성한 까만 치마를 입고 희미한 빛 아래 보이지 않게 잘 숨어 있었다. 할머니가 입술에다 손을 갖다 댔다. 쉬잇.

나무 사이로 우리 집 현관 불빛이 보였다. 그리고 계단에는 펄럭이는 검은 망토가 있었다. 수호자들이다.

할머니가 오래된 '말하는 나무' 위쪽을 가리켰다. '말하는 나무'는 주로 날씨를 '말해' 준다. 비가 오면 하얗게 변한다. 평상시의 아침에는 지금처럼 아주 짙은 색이 된다. 새까맣다. 눈이 어둠에 적응하자 높은 가지 위에 몸을 말고 완벽하게 숨어 있는 덴버가 보였다. 마음속으로 되뇌었다.

'얌전하게 굴자. 덴버를 위해서 지금은 조용히 하자.'

"정확히 언제, 아들이 집에 있다는 거요?"

수호자가 엄마에게 물었다.

"시간이 없어요. 우리 인내심도 바닥나고 있다고."

나는 내 손에 있는 페더스워스를 꽉 그러쥐었다. 바로 어젯밤에 레오와 함께 날았던 일을 떠올렸다. 눈 속을 날던 일을 떠올렸다. 매일 돈을 다 갚을 날이 가까워지고 있다. 이 지긋지긋한 사람들을 꼼짝 못하게 해 줄 것이다.

나는 그 사람들이 가고 나서도 바로 나무 위로 올라가지 않았다. 허니서클이 조용히 낮게 지저귀며 안심해도 좋다고 할 때까지 기다렸다가 나무 위로 올라갔다. 나는 두 팔로 덴버를 안고 덴버에게 이 나무를 올라가는 법을 가르쳤던 날을 생각했다. 그때는 내가 이 아이에게 숨는 법을 가르친다는 생각은 전혀 못 했었다.

"떨지도 않고. 너 좀 봐. 얼마나 용감한지."

내가 속삭였다.

"어제 누나를 봤으니까."

덴버가 겨우 숨을 쉬며 말했다.

"누나가 레오 탄 거 봤어. 나는 것도. 그래서 내가 괜찮을 거라는 거 알았어."

일단은, 이 조용한 순간에는, 괜찮다.

17장

진실과 불꽃의 산

"서둘러, 콜탑들."

우리가 숲속 공터에 도착하자 이기가 소리 질렀다.

"오늘은 오래 날아야 한단 말이야. 말에 안장 얹고 출발해."

오늘 모험 생각에 어젯밤은 잠을 거의 못 잤다. 이제 세 번만 더 미션에 성공하면 빚을 다 갚는다.

"오늘 어디 가는지 알아?"

내가 물었다. 레오가 자기 코로 내 이마를 쓰다듬어서 요 며칠 만에 나는 처음으로 소리 내 웃었다.

이기가 레오에게 양손 가득 건초를 먹이면서 말했다.

"내가 알아. 너도 알게 될 거고. 진실과 불꽃이라는 산이지."

"아!"

아담이 제프를 우리 쪽으로 끌고 오려고 했다. 하지만 제프는 오늘 발견한 풀이란 풀은 모조리 다 뜯어 먹느라 여념이 없었다. 아담이 목청을 가다듬고 말했다.

아주 멀리서 보면
괜찮아 보이지.
걸어서 등산하기 좋은 것처럼 보인다네.
하지만 땅 위만 보고
그 아래를 보지 않는 자에게
화가 있으리.
지위나 업적이나 가문의 이름도
진실과 불꽃의 산에서는 소용없다네.

"정말 노래 가사처럼 그래? 겉으로는 근사한데……?"

내가 흥분해서 이기에게 물었다.

"그 아래에는 거칠고 맹렬한 불이 있지."

이기가 고개를 끄덕였다.

"진실과 불꽃의 산은 불길만 없으면 아주 쉽게 비행할 수 있는데, 불시에 쉭쉭 소리를 내면서 산의 옆면에서 불길이 터져 나와. 물론, 말들은 불꽃을 감지할 수 있어. 하지만 금을 가지고 오기가 힘들지. 그러니까 오늘은 너희 스스로를 믿도록 해. 말들이 다치지 않았으면 좋겠다. 만약 다치게 되면 너희 책임이라고 생각할 거야."

"알았어."

내가 말했다. 그리고 전적으로 동감이었다. 레오를 보살피는 건 내가 할 일이다. 레오가 나를 보살펴 주는 것처럼. 이기와 지난번에 나눈 대화가 마음에 걸렸다. 사과를 해야 한다는 건 알지만, 다른 데로 가려고 몸을 돌렸다. 레오가 내 앞길을 막고 도망가려는 나를 이기 쪽으로 밀었다.

"알았다구."

내가 조그맣게 말했다.

"이기…… 기분 상했다면 미안해. 그렇게 말해서 미안해. 너는 말들을 정말 잘 다뤄. 그리고 도와줘서 고마워."

이기가 레오를 흘깃 봤다. 레오가 킁킁거리며 이기에게 고개를 끄덕였다. 이기가 눈을 위로 굴렸다. 이기가 말했다.

"이 사랑스런 말들은 다툼을 싫어한다니까."

"말에 대해서 어쩜 그렇게 많이 알아?"

이기가 아주 살짝 웃었다.

"비밀. 내가 말했잖아. 누구나 비밀이 있다고."

"아, 음, 아까 말했듯이, 미안해. 그리고 이기라는 이름 근사해. 이기 썸프라는 이름은 너희 아빠 말씀대로 용감하고 씩씩하게 들려."

"몰리라는 이름도 좋아."

이기가 얼굴을 찡그리고 말했다. 칭찬하는 게 고통스럽기라도 한 것 같았다.

"달의 이름이잖아. 먼지가 오기 전에는 겨울이 끝나면 두 번째 달이 하늘에 떴어. 몰리 달이라고 불렀는데, 밝고 연한 분홍색의 몰리 달이 뜨면 사람들은 그 달빛 아래서 춤을 췄어. 겨울이 끝났다는 뜻이었거든. 꽃 피는 계절이 돌아왔다는 뜻. 너한테 잘 어울려, 내 생각엔."

이건 진짜 칭찬이었다. 어떻게 반응을 해야 할지 몰랐다. 하지만, 이기가 말하는 동안 내 몸은 이 달콤한 말에 자동으로 반응하듯 자연스럽게 내 손을 가슴 위에 올려놓았다. 이기가 말했다.

"아, 제발! 감상적으로 굴지 말라고. 중요한 미션을 앞두고 있잖아."

진실과 불꽃의 산은 이야기로만 들어 본 곳이었다. 이 산은 기차에서도 보이지 않았다. 맑은 날에도 마찬가지였다. 남쪽 숲의 가장 끝, 절벽까지 가야 저 멀리 어렴풋이 보일락 말락 했다. 이 산은 석탄처럼 까맸지만 산의 옆면에서는 불꽃들이 터져 나왔다. 산 주변으로는 연기도 자욱해서 겨울철 벽난로 옆에 둘러앉아 나누던 훌륭한 이야깃거리가 되었다.

하지만 비행은 어려울 것 같았다. 게다가 산의 옆면에서 어떻게 금가루를 채취할 수 있을지 도무지 감이 오지 않았다.

우리는 다시 공터를 떠나서 남쪽으로 날아갔다. 비행이 길어서 우리는 말의 속도를 조절했다. 수백 미터를 날아가자 우리를 둘러싼 산꼭대기들이 익숙하지 않은 풍경으로 바뀌었다. 새까맣고 험했다.

"걱정돼?"

아담이 내 옆을 날면서 소리쳤다.

"전보다는 조금. 너는?"

내가 솔직히 대답하자 아담이 털어놨다.

"나는 아직도 어젯밤 일 때문에 몸이 떨려. 괴수를 그렇게 가까이서 본 건 처음이었어. 모티머와 수호자들이 우리를 보호해 준다더니만."

나는 고개를 끄덕이고 아무 말도 하지 않았다. 뭔가를 숨기는 기분이 이상했다. 하지만 뭐라고 말하겠는가? 모티머가 괴수를 만드는 걸 본 것 같다고? 모티머를 화나게 하면, 이 자리를 잃고, 어쩌면 이제껏 번 돈까지 잃을지도 모른다. 그럴 순 없다.

"몰리."

아담이 불러 옆을 흘깃 보니, 우리 앞에 지옥 길처럼 검게 떠오르는 산을 바라보는 아담의 얼굴에 공포가 서려 있었다.

진실과 불꽃의 산이다.

"모두 조심해!"

그리어가 내 다른 쪽 옆에서 날아오르며 소리쳤다. 니코와 코너가 그리어 옆에서 날고 있었다. 나는 몸을 앞으로 숙였다.

"가자, 레오."

레오의 목에 대고 말했다. 그리고 우리가 무사하기를 바라는 작은 기도를 올렸다. 순식간에 나를 둘러싼 세상이 불타고 있었다. 열기 때문이 숨을 쉴 수 없었다. 불길이 내 장화를 스쳐 지나가면서 바짓단이 그슬렸다. 산 옆면에서 불기둥이 터져 나오자 레오가 갑자기 오른쪽으로 확 방향을 트는 바람에 내 몸이 거칠게 흔들렸다. 열기 때문에 얼굴에는 금세 땀이 송골송골 맺혔다. 레오는 연기 안으로 들어갔다가 나갔다가 했고, 나는 고글을 통해서 눈을 가늘게 뜨고 살피다가 마침내 희미하게 반짝이는 걸 발견했다.

"준비됐어."

내가 레오에게 말하고 다리로 레오의 옆구리를 감싸고 킵을 풀었다. 레오는 산 옆면을 오르는 각도로 날았다. 오른팔로 고삐가 지나가게 해서 팔꿈치에 걸고 그동안 몸을 낮게 숙여서 왼손으로 킵 안에 금가루를 모았다. 이마에 난 땀방울이 얼굴로 뚝뚝 떨어졌다. 금방이라도 폭발할 것처럼 산속 깊은 곳에서 우르릉거렸다.

됐다! 킵이 두둑하게 채워져 나는 킵을 여몄다.

레오는 하늘로 날아올랐고, 나는 조금 더 나은 공기를 들이마실 수 있었다.

"아직 담을 공간이 더 있어. 아래로."

내가 레오에게 말했다. 그러자 용감한 나의 말은 다시 산으로 내려갔다. 손에 킵을 쥐고 몸을 낮게 숙여서 금가루를 모을 준비를 하고 있었다. 그런데 레오가 갑자기 방향을 확 틀었다. 얼굴 가까이로 갑자기 불길이 터져 나와 정말 데지 않았나 싶었을 때였다.

이기의 충고가 생각났다. '레오를 전적으로 믿어라.'

내 말은 산에서 언제 불길이 터져 나올지를 알았다. 레오의 본능이 딱 맞는 걸 알 수 있었다. 우리가 다치지 않도록 방향을 틀거나, 날아오르거나, 심지어 발굽으로 불꽃을 밟아서 끄기도 했다.

나는 낮게 엎드려서 마지막으로 금가루를 모아 컵의 끝까지 채웠다. 주머니 안에는 분명 재도 있겠지만 금도 있었다.

"해냈어! 집으로 가자, 레오."

내가 흥분해서 소리쳤다.

레오가 방향을 틀어서 하늘로 날아올랐다. 손과 팝스냅이 검댕투성이였으니 나머지 부분도 마찬가지일 거다. 여기저기서 연기 냄새가 났다. 내 머리에서, 레오의 머리에서, 내 모든 것에서.

레오가 꼭대기를 둘러싸고 있는 연기구름을 뚫고 나오자 나는 신선한 공기를 깊이 들이마셨다. 그러고 나서 나는 다시 내 컵을 확인해봤다. 가득 차 있었다. 나머지 아이들이 빠져나오기를 기다리는 동안, 걱정은 바람을 타고 나는 스타버드처럼 훌훌 날아가 버렸다.

불길 속에서도, 오늘 미션을 완수할 만큼 금가루를 충분히 그러모았다. 온몸의 긴장이 갑자기 풀리는 기분이었다. 오늘 비행이 어려웠기 때문에 나 자신이 더더욱 자랑스러웠다. 이제 2000페더스워스를 갖게 된다. 두 번만 더 날면 덴버는 탄광에 가지 않아도 된다. 우리 가족은 안전하다.

레오의 갈기에 얼굴을 기대고 있는데 아담이 내 옆으로 날아올랐다. 아담도 검댕으로 뒤덮여 있었다. 틀림없이 우리는 하늘을 나는 그림자같이 보일 것이다. 아담이 말없이 나를 보고 고개를 끄덕였다. 그건 두 가지를 의미했다.

아담이 무사하다는 것과 아담도 충분히 금가루를 모았다는 것. 우리는 서로 빙글빙글 돌며 하늘로 날아올랐다. 우리는 재로 뒤덮여 있었다. 우리는 그림자처럼 떠다녔다. 내 주위를 날아다니는 내 가장 친한 친구는 전사 같았다. 아담에겐 틀림없이 나도 그렇게 보일 거다. 기분 좋은 느낌이었다.

우리는 진실과 불꽃의 산을 떠나면서 안도의 한숨을 내쉬었다.

레오와 나는 그리어 다음, 아담 바로 전에 공터에 내렸다. 레오의 발이 완전히 땅에 닿기도 전에 나는 등에서 뛰어내려 레오가 다친 데는 없는지 살폈다. 내가 검댕이 묻은 코에 입맞춤을 하면서 말했다.

"너 진짜 용감했어."

나는 레오의 갈기를 헝클어서 내 것과 똑같은 초록색 가닥에 묻은 그을음을 털어 주었다. 레오는 자기 코로 내 이마를 건드렸다.

"사자의 심장을 가진 레오, 그게 너야."

내가 조그맣게 말했다.

그러자 레오의 깊은 갈색 눈이 내 눈을 쳐다봤다. 가끔씩은 레오가 눈으로 나를 안아 주는 느낌이 든다. 물론 레오는 말할 수 없지만 그래도 나와 소통하는 것처럼 느껴진다. 가끔씩 레오의 눈을 들여다보는 것만으로도 내가 용감해지는 것 같다. '너는 사자의 심장을 가진 아이야.' 레오의 마음이 내게 이렇게 말하는 것 같다. '너는 용감해.'

"너랑 같이 있으면 나도 용감해."

내가 활짝 웃었다.

이기가 우리 옆으로 종종걸음을 치며 다가오더니, 혼자 중얼중얼거리며 내가 혹시나 놓친 화상은 없는지 레오를 살폈다. 물론 내가 다치는 건 별로 개의치 않았을 거다. 하지만 이기는 끊임없이 '자신의' 말들을 걱정했다. 그게 점점 더 참기 힘들어졌다.

이기가 한숨을 쉬며 레오의 옆구리를 툭툭 쳤다.

"예쁜 레오는 다 괜찮은 것 같네. 저녁 먹이고 목욕시켜야 하니까 마구간으로 데려갈게."

사실 서쪽 숲에 마구간 같은 건 없다. 하지만 이기는 '말하는 나무' 숲을 마구간이라고 불렀다. 작은 시내가 있고 많이 그늘진 곳이었는데 말들이 거기로 갈 때는 혼자 있게 내버려 둬야 한다고 이기가 말했다. 모든 동물은 휴식이 필요하다고 했다.

"제프도 데려갈게, 아담."

말들은 이기하고만 있을 준비가 된 듯, 행복하게 이기를 따라갔다. 하지만 레오는 나중에 다시 나를 찾을 것이다.

"너무 열 받아서 집으로 곧장 못 가겠어."

마치 내 마음을 읽기라도 한 듯 아담이 말했다.

"너한테 보여 줄 게 있어. 가루 무게 재고 나서 여기서 보자, 알겠지?"

"아직 위를 보지 마!"

아담이 서쪽 숲의 새로운 길로 나를 데려가면서 말했다. 얼마나 깊이 들어왔는지 알기 위해 둘러볼 필요도 없었다. 땅은 가시덤불투성이였고 나무에서 바람이 윙윙댔으며 벌써 밤새들이 지저귀는 소리가 희미하게 들렸으니까.

"빨리 집에 가야 해."

아담은 모르는 사실이기라도 한 듯 내가 알려 줬다. 주머니에서 페더스워스가 짤랑거려서, 엄마한테 빨리 내가 해낸 일을 보여 주고 싶어서 기다릴 수가 없었다.

"시간 많아. 그럴 만한 가치가 있는 거야."

아담이 나를 설득했다.

"좋아."

아담이 키가 크고 비쩍 마른 나무들 중간에 둥그렇게 모여 자란 수풀 쪽으로 나를 데려갔다.

"위는 보지 마! 천천히 앉아."

나는 부드러운 풀 위에 등을 대고 아담 옆에 누웠다.

"저것 봐."

아담이 조그맣게 말했다.

여기는 우리밖에 없는데 아담이 왜 이렇게 조그맣게 말하는지 이해할 수 없었다. 하지만 아담이 쳐다보고 있는 것을 보자 모든 게 이해됐다. 경건한 순간이었다. 가장 마법 같은 순간이었다.

'말하는 나무'의 앙상한 가지가 우리 위로 뻗어 있었다. 이 가지에 나뭇잎처럼 매달린 것은, 반짝이는 스타패치였다.

나는 놀라서 처음에는 아무 말도 못했다. 스타패치들을 가로지르는 잎맥의 색과 깜박거리는 빛을 쳐다보았다. 거의 보이지 않았다가 다시 밝게 빛나며 흔들리는 것을 쳐다보았다.

낯선 충동이 일었다. 울고 싶고, 축하하고 싶고, 꼼짝도 안 하고 싶었다. 이 모든 것이 한꺼번에 느껴졌다. 내가 느끼는 건 바로 경이로움이었다. 열린 창문으로 날아 들어온, 길 잃은 스타패치를 보고 있는 게 아니었다. 담요를 만들어도 충분할 만큼 많은 스타패치를 보고 있었다. 손가락은 그것들을 만져 보고 싶어서 안달이 났다. 느껴 보고 싶어서. 그걸로 뭔가를 만들어 보고 싶어서.

"이걸 어떻게 발견했어?"

내가 조그맣게 물었다.

"미친 소리 같겠지만, 스타패치의 소리를…… 들은 거 같아. 여기서 나오는 에너지의 웅웅거리는 소리 같은 걸. 그랬더니 여기 있더라."

"이게 이제 막 만들어진 걸까?"

"별들이 돌아오는 방법을 찾은 걸까? 빛이 돌아오고 있는 걸까?"

이건 금가루보다 우리의 걱정에 대한 더 좋은 해결책이 될 거다. 생계를 유지할 수 있는 더 좋은 방법이 생기는 거니까. 우리 눈에 어린 슬픔은 우리 어깨에 놓인 별빛과 함께 사라지고, 탄광은 판자로 문을 막고 폐쇄될 것이다. 더 이상 그것들이 필요하지도 않을 테니까.

"그런 거라면 좋겠어. 그러면 기적 같을 거야, 안 그래? 빛이 돌아올

길을 찾았다면 말이야." 아담이 말했다.

"그럴 거야."

내가 스타패치들이 깜빡이며 밝게 빛나는 것을 보며 말했다. 밤이 가까워지자 아담은 우리가 가지고 온 전등에 불을 켰다. 우리는 부드러운 풀 위에 전등을 내려놓았다. 스타패치의 은은한 빛을 보니 내가 레오를 만났던 곳이 생각났다. 그곳도 이곳처럼 목초지였다. 이 순간만큼이나 그때도 황홀한 기분이었다.

'말해.' 내 가슴이 말했다. '모티머가 만들어 낸 먼지 뱀에 대해서 말해. 어떤 동물이나 사람은 무조건 믿어도 돼.' 말하려고 고개를 돌렸더니 아담이 손가락으로 흙바닥에 그림을 그리고 있었다.

아담에 대한 익숙한 기억이 떠올랐다. 종잇조각이나 공책에 뭔가 끼적이거나 건물 벽에 쌓인 먼지 위에 그림을 그리는 모습이었다. 우리가 어렸을 때 아담의 마음속에는 늘 그림이 있었다.

"아직도 그림 그리니?"

내가 물었다.

"주로 꿈속에서. 가끔씩은 다운 빌로우에서 석탄 가루를 물에 개어서 쉬는 시간에 벽에다 그리지. 연습을 안 해서 요즘엔 잘 못 그려."

내가 소매를 걷어서 팔을 내밀었다.

"여기. 내 팝스냅에 그려 줘. 내가 강인한 비행사라는 걸 떠올릴 수 있는 걸로."

아담은 먼지와 물을 섞어서 덩굴, 허니서클과 하늘을 나는 레오,

그리고 작은 꽃 한 송이를 그렸다.

"이 꽃은 뭐야?"

"부드러운 것도 강하니까."

아담이 내게 상기시켰다. 우리 엄마가 그렇게 말하는 걸 들어서 그러는 건지, 정말로 그렇게 생각하는 건지 궁금했다.

아담의 붓이 내 팝스냅 위에서 별을 그리면서 춤을 췄다. 별에서 선을 하나 그려서 검은색 하트에 연결했다.

"나한테 뭐 할 말 있지?"

마침내 아담이 말했다.

"어떻게 알았어?"

"마음속에 뭔가 걸리는 게 있지 않으면, 이렇게 조용하게 있을 애가 아니잖아."

나는 우리를 따라온 사람이 없는지 공터를 둘러봤다. 나는 목소리를 낮추고 말했다.

"지난밤에 나온 괴수, 그거 진짜가 아닌 것 같아. 모티머가 만드는 걸 봤어. 아너의 친구를 겁줬던 거, 그 뱀을 만드는 걸 봤거든. 그건 …… 먼지 허깨비 같은 거였어. 다르게 어떻게 묘사해야 할지 모르겠다."

"모티머가 그걸 만들었다고?"

"응. 막 휘저어서 먼지에서 만들어 냈어. 적어도 내가 보기엔 그랬어."

내가 조그맣게 말했다. 누가 지켜보고 있기라도 하는 듯 목덜미가 오싹했다. 어깨 너머를 흘깃 보았지만 아무것도 보이지 않았다.

"그러니까, 잠깐만."

아담이 새까만 눈을 내게 맞췄다.

"모티머가 그렇게 하는 걸 보고도…… 아무 말도 안 했다는 거야?"

"내가 본 게 확실한지 확신이 없었어."

바로 그때 아담이 경고의 의미로 눈을 커다랗게 떴다. 아담은 내 어깨너머의 숲을 보고 있었다.

"이렇게 근사한 걸 발견하다니, 어린이들."

모티머의 목소리에 우리는 땅에서 벌떡 일어났다. 나는 붙잡혔다. 그렇다. 나는 지금 막 모티머의 비밀을 누설했다. 공포가 밀려들었다.

우리가 말한 걸 들었을까? 그런 것 같지는 않았다. 나무에 매달린 스타패치의 광경에 기뻐하는 것 같았다. 내가 말했다.

"아담이 발견했어요."

"스타패치들이 먼지를 뚫고 내려온 걸까요? 방법을 찾은 걸까요?"

모티머의 미소에 아주 약간 힘이 들어갔다.

"그게 사실이라면 좋겠다, 몰리. 하지만 먼지가 별들의 불빛을 꺼버렸단다. 그래도 사랑스러운 생각이긴 하구나. 너희 둘, 밤이 되기 전에 콜탑으로 돌아가야지. 길에서 불안에 떨고 싶진 않겠지."

아담은 모티머의 말에 아무 대답도 하지 않았다. 모티머만 뚫어지게 쳐다보고 있었다. 내가 아담의 소매를 잡아끌었다.

"가자. 집에 가자."

아담이 고개를 끄덕이고 우리는 함께 걸어 나왔다. 모티머가 우리가 가는 모습을 지켜보는 게 너무나 확실하게 느껴졌다.

숲으로 깊숙이 들어오자 아담이 내 손목을 잡았다.

"멈춰 봐. 스타패치로 뭘 하는지 보고 싶어."

아담이 속삭였다. 우리는 나무 뒤에 숨기도 하고, 어두운 틈을 타 아주 조용히 왔던 길로 돌아갔다. '말하는 나무'로 돌아갔을 때는 수호자들도 같이 있었다. 그들 중 한 명은 작은 횃불을 들고 있었다. 모티머는 더 이상 스타패치를 보고 웃지 않았다.

"아이들 중에 노래 부른 사람은 없었겠지, 있었나?"

모티머가 횃불을 들고 있는 수호자에게 말했다. 너무 조그맣게 말해서 잘 들리지 않았다.

"아닙니다. 우리가 허락하지 않습니다."

남자가 분명히 했다.

모티머가 걸어가 버리고, 아담과 나는 모티머의 사람들이 칼을 꺼내 스타패치를 찔러 나무에서 떨어뜨리는 믿을 수 없는 광경을 바라보았다. 그들은 수호자가 가지고 있던 횃불에 스타패치를 하나씩 갖다 댔다. 스타패치의 불빛이 깜박이다가 타면서 말려들어 까맣게 재가 되어 땅으로 떨어졌다.

18장

붙잡혀 간 덴버

아담과 나는 집으로 터덜터덜 걸었다.

"왜 그랬을까?"

내가 떨리는 목소리로 물었다. 나는 가슴속의 묵직한 슬픔에 놀랐다. 지금 느껴야 하는 감정은 분노여야 했다.

"왜 스타패치를 불태운 걸까?"

아담이 고개를 가로저었다.

"왜 괴수를 만들었을까? 사람들이 모티머를 믿으면 안 된다고 했어. 수호자들은 믿지 않았지만 모티머는 다르다고 생각했는데."

내가 엄마도 비슷한 경고를 했다고 말해 줬다. 우리가 걸은 지 얼마 지나지 않아 코너와 니코가 우리와 합류했다. 우리는 며칠 동안 우리가 본 것에 대해서 그 아이들에게 다 말했다. 이야기에 하도 열을 올리고 있어서 그리어가 우리를 향해서 달려오는 것도 몰랐다. 그리어는 항상 우리보다 먼저 집으로 갔다. 그리어는 작지만 빨랐다. 오늘은 우리를 만나려고 되돌아온 것이다.

"집에 가 봐, 몰리."

그리어가 말했다. 몹시 흥분해서 반짝이는 눈을 보니 온몸에 공포의 전율이 흘렀다.

"매브 할머니가 너 찾아 오래. 빨리 집으로 가 봐. 지금."

나는 이미 달리고 있었고, 어렴풋이 아담이 내 이름을 부르는 소리가 들렸다. 지금보다 더 빨리 움직인 적은 없었다. 사랑하는 사람에게 날아갈 수 있는 날개를 이토록 원한 적이 없었다. 앞에 우리 오두막집이 보이리라 생각하고 길을 돌았다.

그런데 먼지 구름에 부딪힐 뻔해서 멈춰 섰다. 대체 이게 어디서 온 거지? 나는 먼지를 들이마시지 않으려고 스카프를 코까지 끌어올렸다. 먼지는 나를 화나게 하고, 집중하지 못하게 한다. 지금은 집중해야 할 때다.

활짝 열려 있는 현관문을 보고 가슴이 철렁 내려앉았다. 부모님이 조그맣게 훌쩍이는 소리가 번개산맥의 천둥소리만큼 크게 느껴졌다.

가구는 모두 뒤집어져 있었다. 창문은 깨져 있었다. 안개처럼 뿌연 자주색 먼지는 가장자리가 노르스름했고, 너무 짙어서 밀면 밀려났다. 엄마와 아빠는 바닥에 쓰러진 채 서로를 끌어안고 있었다. 허니서클은 고개를 떨구고 아빠의 어깨에 앉아 있었다.

"어디로 데려간 거예요? 왜 이렇게 일찍 온 거예요?"

내가 물었다.

"제가 당장 데려올 거예요. 말하세요!"

하지만 엄마는 고개를 저었다. 나를 바닥에 끌어 앉혔다.

아빠도 내 팔에 손을 올렸다. 그리고 두 분 다 멍하니 희망 없는 눈으로 나를 쳐다보았다. 나는 너무 많은 먼지를 마셨다. 내 주위가 온통 먼지였다. 오늘은 먼지가 완전히 다 풀렸다. 숨을 쉴 때마다 코와 폐가 화끈거렸다. 어깨가 푹 주저앉는 게 느껴졌다.

집 바닥이 끝없이 빠져 들어가는 모래처럼 나를 잡아끌었다.

덴버가 사라졌다.

덴버가 없다는 건 떨쳐 버릴 수 없는 마음의 짐이었다. 그것이 나를 망가뜨리고 있었다.

"너무 늦었어, 몰리. 그 사람들이 덴버를 데리러 왔어."

엄마가 말했다.

"몰리?"

문간에서 아담의 목소리가 들렸다.

여기서 얼마나 오래 앉아 있었는지도 몰랐다. 몇 분? 몇 시간?

아담이 내 겨드랑이 사이에 자기 팔을 끼웠다.

"여긴 먼지가 너무 많아. 나가야 해."

"못 움직이겠어."

내가 말했다. 어떻게든 아담이 나를 일으켜 세웠다. 승강장에서 본 남자들처럼 내 팔을 자기 어깨에 둘렀다.

"내가 너랑 같이 움직일게."

아담이 말했다. 소리가 멀리서 들려오는 것 같았다.

"내가 여기 같이 있어. 한 번에 한 걸음씩."

아담의 친구들, 코너와 니코, 그리어가 서둘러 방으로 들어왔다. 그리어는 허니서클을 자기 가슴께에 들고 급히 밖으로 데리고 나갔다. 니코와 코너는 부모님을 도왔다. 한 걸음씩, 한 걸음씩.

"먼지 들이마시지 마."

아담이 아이들에게 경고했다.

"탄광에 있는 먼지보다 더 안 좋아."

니코의 말을 들으며 우리는 신선한 공기가 있는 곳으로 나왔고, 이슬 맺힌 풀 위에 털썩 주저앉았다. 아담의 목소리가 낮게 웅웅거렸다.

"깊게 숨 쉬어. 수호자들이 수색할 때 가끔 이런다고 들었어. 집에다 추가로 먼지를 주입하는 거지. 나무에 있는 먼지 방울보다도 더 안 좋대. 너무 많이 들이마시면 너는……."

아무것도, 아무것도 느낄 수가 없었다. 아무것도 느낄 수 없는 게 어떤 건지 정말 설명할 방법이 없다.

밖에 오래 있을수록 점점 강해지는 기분이 들었다. 그리고 시간이 지나자, 부모님의 눈에 삶이 되돌아오는 게 보였다. 삶 그리고 그것과 함께 하는 슬픔이. 먼지 때문이건 아니건 내 동생이 사라졌다. 그보다 더한 슬픔은 없다.

매브 할머니의 익숙한 수레 소리가 들릴 때까지도 집 안의 먼지는 거의 없어지지 않았다. 나는 할머니에게 달려갔지만 어떤 말도 할 필요가 없었다. 할머니의 눈을 보니 이미 알고 있었다.

"승강장에서 덴버를 봤다."

매브 할머니가 부모님이 듣지 못하게 조용히 말했다.

"그 사람들, 일주일도 안 기다렸어요! 거짓말한 거라고요!"

나는 왼손 주먹을 꽉 쥐었다. 희망과 분노가 나를 덮쳤고 안에서 마구 소용돌이쳤다.

"다친 데는 없어요?"

할머니가 고개를 끄덕였다.

"다른 조그만 아이들과 함께 서 있더라. 낡은 곰 인형이랑 책을 한 권 들고 말이야. 어깨에는 아기 더스트플라이트가 앉아 있더구나."

할머니는 기다랗고 뼈만 앙상한 손가락으로 내 어깨를 잡고 내 눈을 똑바로 쳐다봤다.

"덴버의 조그만 가슴은 자부심으로 부풀어 있었단다, 몰리. 울 것 같지 않았어."

눈물이 핑 돌았다.

"제가 모든 걸 다 해결할 거라고 생각하니까요."

"덴버 생각이 맞지."

매브 할머니가 말하면서 눈썹을 쓱 치켜올렸다.

"어느 탄광으로 갔는지 안다만……."

내가 사정했다.

"말해 주세요! 제가 가서 데려올 수 있어요! 오늘 밤에요! 레오가 나를 데려다주면……."

할머니가 주의를 줬다.

"쉬잇. 덴버는 승강장에서 분류돼서 여기 산에 있는 탄광으로 보내졌어. 너희 아빠가 일하던 곳이다. 하지만, 내 말 끝까지 들어라, 몰리. 오늘 밤에 덴버를 구출하려다간…… 탄광에서 빼내 오려다간, 너는 범법자가 된다."

"절대 저는 못 잡을 거예요."

내가 할머니에게 말했다.

"레오가 우리를 여기서 먼 곳으로 데려다 줄 거예요."

"너희 부모님은 어쩌고? 아담의 부모님은? 어떻게 해야 하는지 알고 있지, 몰리. 너는 똑똑한 애잖아. 남은 미션을 마저 끝내. 빚을 갚고. 그러고 나서 곧장 덴버를 집으로 데려오면 돼."

"덴버가 다운 빌로우에 있다는 걸 아는 한, 저는 안 할 거예요."

"할 수 있어. 그리고 너에게 도움이 될 걸 가져왔다."

할머니가 수레 다른 쪽으로 돌아서 오라는 손짓을 했다. 바람 한 줄기가 나무를 앞뒤로 흔들었다. 공기 중에 비 냄새가 났다.

매브 할머니가 수레에서 무서워 보이는 몇몇 인형들을 아무렇게나 던지고, 뭔지는 몰라도 내게 줄 것을 찾아 수레를 뒤졌다.

"아! 여기 있다. 몰리 양에게 줄 상자."

나는 고개를 저었다.

"싫어요. 지금은 아무것도 안 갖고 싶어요."

"매브 할머니."

엄마가 우리 앞에 서 있었다. 나는 엄마가 오는 소리도 못 들었다.

"이런 판국에 우리한테 뭘 팔려는 거거든, 다시는 얼씬도 마세요."

나는 놀라서 눈썹을 치켜올렸다. 엄마는 지금 부드럽지 않았다.

"당신은 나를 그렇게 형편없는 사람으로 보는 거우?"

매브 할머니가 물었다.

"그렇게 신의 없는 사람으로? 아니. 이건 선물이라오."

엄마는 고개를 끄덕이고 팔로 가슴을 끌어안았다. 눈은 울어서 발갰다. 매브 할머니가 내게 고개를 끄덕였다.

"몰리의 팬이 준 거라우. 산에서는 온통 이 아이에 대한 이야기를 하잖아. '하늘을 나는 몰리' 말이우. 몰리는 그들의 영웅이잖아."

"너무 용감해서 탈이죠."

엄마가 말했다. 내가 자랑스럽다는 말에 가장 가까운 말이었다. 그 말과 똑같은 의미로 내 가슴에 자리 잡았다.

"똑같이 용감했던 여자아이를 나는 기억한다우."

매브 할머니가 무심하게 눈썹을 위로 치켜올렸다.

나는 재빨리 엄마를 흘깃 보았다. '저게 무슨 말이지?'

엄마는 아무 말도 하지 않았다. 엄마의 침묵은 꺼내지 않은 이야기와 단어들로 가득하다는 것을 이제야 깨달았다.

매브 할머니가 내게 그 상자를 내밀었다. 갈색 종이 포장에 하얀색 노끈이 묶여 있었다. 나는 오른팔로 꾸러미를 잘 잡고 왼손으로 매듭을 풀었다. 뚜껑을 열자 안에 든 것이 반짝였다. 희미한 빛이 너무 갑작스럽고 생각지도 못한 거라서, 상자 안으로 손을 집어넣으면서 눈을 가늘게 떴다. 그 물건은 차가웠고, 금속이었고, 손가락 같은 게 느껴졌다.

"이거 팝스냅이에요?"

내가 물었다. 이제까지 보던 것과는 딴판이었다. 반짝이는 은으로 만든 것이었다. 모든 손가락 관절이 구부러졌다. 크기도 나한테 꼭 맞아 보이고, 내 팔에 잘 연결되게 만들어져 있었다. 끼워 보지 않아도 잘 맞을 걸 알 수 있었다.

"어디서 난 거예요?"

매브 할머니가 활짝 웃었다.

"타이밍이 좋진 않다만 오래전에 주문해 뒀던 거란다. 너를 자랑스러워하는 누군가가 보낸 거라고 했잖아. 안에 카드도 있어."

나의 챔피언. 나의 스타.

하늘을 나는 몰리에게.

"그 누군가가 틀림없이 너를 위해서 계곡에 있는 장인에게 특별 주문 했을 거야. 누군지는 몰라. 나는 전달만 해 주는 거니까."

매브 할머니가 말했다.

하지만 글씨를 자세히 보고는 누가 보낸 것인지 바로 알아차렸다. 비스듬하고 약간 동글동글한 손 글씨를 보고 알았다.

"엄마?"

확인을 위해서 엄마의 얼굴을 보면서 물었다.

"엄마가 주신 거예요?"

엄마의 얼굴은 여전히 눈물로 반짝였다. 눈은 여전히 발갰다.

"좀 더 좋은 걸 해 줄 때라 생각했거든."

엄마가 말했다.

"어떻게 하는지 보여 줘요, 매브 할머니."

매브 할머니가 재빨리 손가락 하나를 작동시켜 작은 불빛이 나오게 했다. 이건 단순히 손처럼 잡고, 구부리고, 들기만 하는 게 아니었다. 모든 손가락 안에 기구가 들어 있었다. 매브 할머니가 말했다.

"그냥 뻗어서 젖히면 돼. 그러면 돼."

나는 주황색 팝스냅을 떼어 내서 엄마에게 주었다. 금속으로 만든 팔은 내게 맞춰 본을 뜬 것 같았다. 손가락을 움직여 보니 손가락에는 칼과 작은 펜치 한 쌍과 자가 달려 있었다. 은으로 된 엄지는 텅 비어 있었다. 매브 할머니가 설명했다.

"돈이 모자랐거나. 아니면 사랑의 편지를 담으려고 그랬을까나?"

할머니가 눈썹을 꿈틀거렸는데 너무 오글거려서 집에 돌아오고 나서 처음으로 약간 웃었다. 매브 할머니가 말했다.

"거울산의 화산암으로 만들어서 이렇게 반짝이는 거야. 전에 내 수레에서 그 돌들을 팔았는데, 엄청 단단하지만 그래도 움직여서 모양을 잡을 수 있단다. 미션을 하는 데 확실히 도움이 될 게다."

'아니면 끔찍한 탄광에서 내 동생을 빼 오는 데 도움이 되겠죠.'

마음속으로는 매브 할머니의 말이 맞다고 생각했다. 지금 내가 할 수 있는 건 미션이 전부다. 두 번만 더 하면, 그러면 동생을 탄광에서 데려올 수 있다. 그러고 나서 우리에게 더 이상 걱정이 없을 때까지 계속 말을 탈 수도, 하늘을 날 수도 있을 것이다.

나는 내 새로운 팝스냅, 만능 스냅의 손가락을 원위치로 돌려놓았다. 은색 손이 이상했지만 근사하기도 했다. 나의 은색 손.

덴버도 이걸 무척 좋아할 거다. 방심하고 있는데 낮게 날아다니는 먼지 물결이 지나갔다. 나는 눈을 감았다. 나는 만능 스냅의 손가락으로 주먹을 쥐었다.

"몰리. 우리가 얘기한 거 잊지 마라."

매브 할머니가 경고하는 듯한 목소리로 말했다.

"안 잊을게요."

내가 약속했다. 하지만 먼지는 지나갔어도, 내 영혼의 슬픔은 분노에게 그 자리를 내주었다. 그들이 한 짓을 잊지 않을 것이다.

19장
비밀과 연기

먼지가 없다. 노란 불빛이 보인다. 차갑지만 아주 밝아서 나무에 있는 먼지 방울을 모두 태워 버릴 수 있다. 나는 이 숲에 서서 먼지 방울들이 내 주위에서 지글거리는 소리를 듣는다. 재가 눈처럼 떨어진다.

"누나!"

덴버가 앞서가며 자기 쪽으로 가는 내게 손을 흔들었다. 덴버는 괜찮았다. 아무 일도 일어나지 않았다! 집에서의 장면은 그냥 악몽이었고 덴버는 괜찮았다. 나는 덴버의 이름을 부르며 뒤쫓아 달렸다.

내 주위로 재가 더 두껍게 떨어지며 하늘의 빛이 희미해지기 시작했다.

"기다려! 기다리라고!"

내가 동생을 불렀다. 다시 좀 더 크게 외쳤다.

하지만 덴버는 빨랐고, 내 다리는 늪에 빠져서 두터운 진흙에 둘러싸인 것처럼 움직였다. 휘익 하고 뭔가가 내 위로 날아왔다. 까마귀라고 생각했다. 까악까악 하는 소리를 들었다. 검은 깃털을 보았다. 하지만 까마귀가 땅에 앉자마자 깃털은 검은 망토로 변했고 새는 온데간데없었다. 수호자들만 있었다. 그중 하나가 내 동생의 팔을 잡았다. 덴버의 먼지 가득한 얼굴에 눈물이 흘러내렸다.

나는 말을 할 수가 없었다. 아빠처럼 목소리가 사라져 버렸다.

속에서는 거친 비명이 들끓고 소리가 터져 나왔지만, 그들이 덴버를 끌고 가는 동안 입 밖으로 나온 건 소리 없는 아우성뿐이었다. 그러고 나서 나는 구석으로 내팽개쳐졌다. 여전히 소리를 지를 수 없는 상태로 나는 뭔가를 잡으려고 허공을 마구 할퀴었다.

"안 돼!"

내가 소스라치며 침대에서 벌떡 일어났다. 방 안은 어두컴컴했지만 엄마가 서랍장 위에 깜빡거리는 전등불을 놓아두었다. 차가운 바람이 느껴지고, 먼지를 마신 탓에 목구멍이 따끔거려서 창문이 열려 있는 걸 알았다. 나는 일어서서 땀에 젖은 머리카락을 얼굴에서 떼어 내고 전등을 들어 덴버의 침대 쪽을 비춰 봤다.

어쩌면 모든 게 다 나쁜 꿈이었을지도 모른다. 모든 순간이.

하지만 내 위의 이층 침대에 작은 소년이 없었다. 노란 새만이 슬프게 그의 베개에서 잠들어 있었다.

창문에서 동물이 조그맣게 코를 킁킁거리는 소리가 들려서 올려다봤더니 레오의 얼굴이 빛을 받아 빛나고 있었다.

레오에게 달려가 레오의 강인한 근육질의 목을 끌어안고 갈기에 얼굴을 묻었다. 내가 뒤로 물러서자, 레오가 자기 코로 내 눈물을 건드렸다. 슬픔이 가시지는 않았지만 레오를 안고 있으니 더 강해지는 기분이었다.

내일 비행이 내가 동생을 구할 수 있는 유일한 방법이다. 하지만 덴버가 괜찮은지만 알 수 있다면…….

"콜탑의 탄광이 어디 있는지 알아?"

내가 레오에게 조그맣게 물었다. 레오가 마치 안다는 듯이 고개를 한번 위로 들었다. 아니면, '나와 같이 가자'는 뜻일까.

나는 레오의 등에 올랐다. 오늘 레오는 나를 꼭 안아 주듯이 날개를 내게 더 딱 붙였다.

"덴버한테 데려가 주는 거야? 어쩌면 오늘 밤에 덴버를 데리고 올 수 있을지도 몰라. 내야 할 돈을 모두 모을 때까지 숨겨 놓자. 그러면 문제없을 거야, 그치?"

레오가 망설이는 게 느껴졌지만 달리기 시작했고 껑충껑충 뛰다가 나무 위를 지나서 밤하늘로 날아올랐다. 우리는 숲 위로 함께 높이 날았다.

하지만 오늘 밤 먼지는 거셌다.

레오가 낮게 내려앉은 먼지 구름을 가로지를 때 나는 기침을 했다.

그리고 또다시 격렬한 분노에 사로잡혔다. 내 동생을 데려간 수호자들을 해치고 싶었다. 내가 그들을 아프게 할 것이다. 눈을 마구 할퀴고 얼굴에 대고 소리를 지를 것이다. 그들이 마주친 어떤 괴수보다도 더 크게 고함을 지를 것이다.

모티머 굿에게도 소리를 지르고 싶다. 나는 그의 최고 기수 중 한 명이다. 모티머는 탄광을 감독한다. 그런데도 그는 수호자들이 덴버를 데려가게 그냥 두지 않았는가? 다운 빌로우에서 바위들이 굴러 떨어지기 시작할 때, 폭발을 경고하는 새들이 시끄럽게 울기 시작할 때 그는 어떤 기분일지 궁금했다.

그리고…… 분노가 내 마음을 거의 다 뒤덮을 즈음에 레오가 휙 돌아서 먼지 구름을 빠져나왔다. 먼지가 나를 끔찍하게 만든다는 것을 이제 알았다.

먼지는 어떻게 싸워야 할지 알 수 없는 악당이었다.

날아가니 콜탑의 탄광은 우리 집에서 금방이었다. 탄광은 어릴 때 아빠에게 점심을 갖다 주거나, 오후에 집으로 오는 아빠를 기다리던 때 이후로 달라진 게 없는 것 같았다. 탄광은 언제나 거기 있었지만 늘 지독히 나쁘기만 했던 건 아니었다. 산이 여기 있는 한, 우리는 폭파하는 것을 좋아했고, 그 안에 있는 희귀한 돌을 좋아했고, 어둠 속에서 살면서 번식하는 신기한 생명체들을 탐구하는 것을 좋아했다. 탄광 안에는 계절에 따라 색을 바꾸는 도마뱀들이 있었다. 호수가 있는 동굴도 있었다. 한번은 아빠가 그중 한 곳에 데려갔는데, 동굴 천장에는 박쥐들이 자고 있었고 그 아래에 호수가 있었다. 어둠 속에서 은은하게 빛나는 박쥐의 날개가 호수에 반사돼서 반짝였다.

"밤을 사랑하는 동물이라고 해서 그 동물들이 나쁜 건 아니야."

아빠가 내게 말했다.

나는 아직도 이 기억을 붙들고 있다. 왜냐하면 이제 탄광들이 달라졌기 때문이다. 아래쪽은 너무 깜깜해서 특히 처음에는 사람들의 방향감각을 잃게 한다. 게다가 냄새도 지독하다. 먼지 냄새도 역하지만, 아래로 내려갈수록 썩은 계란 냄새가 뿜어 나온다. 그 아래 어딘가에, 어둡고 냄새나는 곳에 내 동생이 홀로 있다. 낡은 곰 인형과 겁먹은 어린 새에 의지하며 나를 기다리고 있다.

"누나가 가고 있어, 덴버."

두 명의 수호자가 탄광 정문에서 전등을 들고 있었다. 그래서 레오와 나는 감시를 피하기 위해서 나무 위로 높이 날았다. 탄광 위를 날아서 나무 아래 풀들이 자란 곳에 내렸다.

"다른 문이 있을 거야."

레오는 반응이 없었다. 내 말에 주의를 기울이고 있지 않았다. 레오는 고개를 숙이고 코를 벌름거리며 수풀 깊은 곳을 쳐다보고 있었다. 나는 레오를 보호하기 위해서 레오 앞으로 나섰다. 레오가 코로 세게 밀어서 나를 밀쳐 내고 다시 내 앞으로 나왔다.

"몰리?"

내 어깨에 있던 보이지 않는 무게가 덜어지는 기분이었다. 안도감이 내 혈관을 타고 하도 빨리 돌아서 땅에 주저앉을 뻔했다. 아담이었다. 아담과 그의 말, 제프였다. 아담이 숲에서 제프를 데리고 나오면서 내게서 눈을 떼지 않았다. 레오가 제프에게 다가가더니 서로 부드럽게 이마를 부딪쳤다. 속삭이면서 동시에 나는 소리 질렀다.

"너 대체 여기서 뭐 하는 거야?"

"내가 할 말이다! 너 뭐하고 있나 보려고 집에 갔더니, 없잖아. 여기 있을 거란 감이 왔지. 덴버를 데려올 수 없어, 몰리! 영원히 미션에서 방출될 거야. 어쩜 그렇게 고집이 세냐?"

"덴버는 내가 필요해. 나는 알아. 덴버를 여기 둘 수 없어. 오늘 밤에 집으로 데려다 놓고 내일 미션을 완수하면 괜찮을 거야. 사람들은 그냥 덴버가 도망친 줄 알 거야."

"그 사람들은 도망치는 거 좋아하지 않아. 게다가 안으로 들어갈 방법이 없어. 산 탄광에는 입구가 하나밖에 없다고."

아담이 내게 경고했지만 나는 고개를 저었다.

"믿을 수 없어. 수호자들이 자신들을 위해서 출구를 하나 더 만들어 뒀을 거야, 안 그래? 분명히 너도 정문 말고도 다른 길로 수호자들이 나가는 걸 봤을 거야."

아담이 인상을 썼다.

"진짜로, 별로 신경을 안 써서. 그 사람들이 하라는 대로 그날 일만 마치려고 했거든."

나도 똑같이 그랬다는 걸 깨달았다. 그리고 문득 이제는 산에 있는 우리 모두가 그랬다는 생각이 들었다. 어떤 것에 대해서도 의문을 품지 않았다. 언제부터 우리가 질문하지 않게 됐을까?

"덴버는 지금 뭐 하고 있을 것 같아?"

아담이 망설이며 말했다.

"탄광 깊은 곳 중간에 신입들이 자는 큰 동굴이 있어. 벽을 파서 작은 공간들을 만들어 놨는데 딱 담요 하나와 베개가 들어갈 만한 크기야. 거기서 함께 있어. 그렇게 나쁘지는 않아."

턱에서 눈물이 뚝뚝 떨어져서 나는 내가 울고 있다는 것을 알았다.

"'신입들'이라니. 누가 뽑아가기라도 한 것 같네. 들어갈 수 있는 다른 길이 있을 거야!"

아담이 손을 들어 올렸다.

"목소리 낮춰. 이곳은 수호자들이 득시글댄다고."

아담의 말을 무시하고 나는 말들에게로 돌아섰다.

"제프. 레오. 날아서 안으로 들어가는 다른 문이 있는지 살펴보고 와. 가."

말들은 주저했지만 내 말을 들었다. 말들은 위로 솟구치더니 우리 위에서 날개로 균형을 잡았다. 스타버드가 얼마나 소리를 크게 내는지는 알고 있었지만, 이렇게나 조용히 움직일 수 있다니, 그 사실은 훨씬 더 놀라웠다. 아담이 다급하게 소곤댔다.

"이건 아냐. 우리는 지금 탄광 위에 있고 수호자들이 사방에 있는데, 말들은 가 버렸다고."

내가 아담에게 말했다.

"안으로 들어가는 길을 찾고 있어. 덴버가 괜찮은지만 보려고……."

"괜찮다니까!"

아담이 말했다.

"과소평가하지 마. 네 동생이 얼마나 강한데. 너 덴버한테 빚졌어. 덴버는 한 번도 너를 과소평가한 적 없어."

아담의 말이 맞다. 나는 덴버에 대한 걱정을 완전히 떨쳐 버릴 수가 없다. 아마도 늘 그럴 것이다. 하지만 우리 사이로 시원한 바람이 불어와서 내 걱정을 얼마쯤 날려 버렸다. 딱 내가 원하는 대로 되고 있진 않았지만, 그렇다고 해서 안 되고 있는 것도 아니었다. 덴버를 데려오려면 두 번의 미션만 마치면 된다. 맞다, 덴버가 저 아래서 무서워하고 있다. 하지만 덴버가 용감하다는 것도 알고 있다. 덴버는 램블가 사람이다, 나의 램블가.

"네 말이 맞아."

내가 얼굴에서 머리카락을 걷으며 말했다.

"여기 오지 말았어야 했어. 멍청한 짓이야. 며칠만 더 있으면 덴버는 집에 올 거야. 휘파람으로 말들을 불러서 집으로 가자."

아담이 내 팔을 좀 세게 잡았다. 가까이서 보니 아담의 눈이 두려움으로 반짝였다. 너무 낮게 말해서 아담의 말이 거의 들리지 않았다. 아담이 입 모양으로 말했다.

"조용히 해. 움직이지 마."

내 숨소리보다, 심장 소리보다 더 클까 말까 한 소리들이 들렸다. 천천히 움직이는 단단한 발 아래서 나뭇가지 부러지는 소리가. 숲속 바닥을 휙 가로지르는 소리가. 내 뒤에서 낮고 쉭쉭거리는 소리가.

아담이 내 어깨 너머를 뚫어지게 쳐다봤다.

"눈이 보여."

아담이 조그맣게 말했다.

"노란 눈. 그리고…… 이빨도 보여."

"그냥 먼지일 거야."

내 대답은 우리를 감싸고 부는 산들바람만큼이나 부드럽고 조용했다. 팔에 소름이 돋았다.

아담이 간신히 고개를 저었다.

"먼지 같지 않아."

"우리를 봤어?"

아담이 한 호흡을 기다렸다. 그리고 또 한 번을. 아담의 눈은 내 어깨 너머의 똑같은 지점에 고정되어 있었다.

"응."

천천히 뒤돌아서 이제 내가 아담 앞에 서게 됐다.

우리에게서 5미터도 떨어지지 않은 곳에 먼지 구름이 있었다. 그리고 그 뿌연 먼지 속에 아담이 본 것과 똑같은 짙은 노란색 눈이 보였다. 레오를 만났던 밤, 서쪽 숲에서 봤던 것과 똑같은 눈이었다. 모티머가 만든 먼지 꼭두각시의 눈보다 조금 더 클 뿐, 똑같은 색이었다.

괴수의 모습은 파악이 안 됐지만, 먼지를 뚫고 나온 꼬리가 앞뒤로 흔들리는 모습이 보였다. 맛있는 음식을 먹기 직전의 개처럼.

나는 내가 있던 자리에 못 박힌 듯 서 있었다. 땀방울이 맺혔다. 아담이 뒤로 도는 게 느껴졌고, 이제 우리는 등을 맞대고 섰다.

“더 있어.”

아담이 숨과 함께 툭툭 끊어지듯 말을 뱉어냈다. 숲속 근처의 안개 속에서 쉭쉭 소리가 났다. 내 왼쪽에서 피어오르는 먼지에서 쉭쉭 소리가 났다.

아담이 내 손을 꼭 잡았다. 내 손도 아담만큼 차가울까.

“세 마리가 있어, 몰리…….

내가 속삭였다.

“말들 부르지 마. 수호자들이 우리에게 올 거야. 그 사람들에게 우리 비명을 듣게 하고 싶지 않아.”

너무 어려운 결정이었다. 수호자들에게 잡혀서 말을 탈 기회를 잃고 말까? 아니면 괴수에게 잡아먹힐까?

“말을 불러야겠어.”

아담이 말했다. 아담이 떨고 있는 게 느껴졌다. 어쩌면, 떨고 있는 사람이 나인지도 몰랐다. 내가 사정했다.

“소리 지르지 마. 미션에서 쫓겨날 거야.”

“여기 오기 전에 생각했더라면 얼마나 좋았겠냐.”

“누가 나 따라오래!”

우리는 먼지와 괴수들의 눈에 둘러싸였다. 발톱으로 땅을 긁는 소리와 꼬리가 끌리는 소리가 들렸다. 눈들이 나를 뚫어지게 쳐다보자 나는 주저앉고 싶었다. 괴수들의 눈은 최면을 거는 듯 흐릿한 노란색 불빛이었다. 내가 꾸던 악몽의 색이었다.

갑자기 숲이 발자국 소리로 가득 찼다. 어둠 속에서 전등불이 빛났다.

"누가 있다."

수호자의 목소리였다.

"괴수가 뭔가를 잡았어!"

내가 아담에게 말했다.

"진정해. 말들이 우리를 구해 줄 거야."

사나운 바람이 우리 주변의 땅을 휘저으며 먼지 폭풍이 일었다. 레오와 제프가 그 중간에 내려서 우리는 말 등에 뛰어올랐다. 괴수 한 마리가 안개 속으로 뛰어들었고, 나는 으르렁거리며 우리를 물려고 하는 그것의 늑대 같은 얼굴을 보았다.

수호자들이 숲에서 튀어나와서 칼을 겨누었지만 우리는 이미 보이지 않을 만큼 멀리 있었다. 멀리 떨어지자 아담이 소리 질렀다.

"다시는 탄광에 몰래 오지 말자. 아니면 붙잡히지를 말든가."

내가 조금 웃었다. 하지만 내 몸은 여전히 긴장 상태였다. 가슴이 진정되자, 머릿속에는 다른 생각이 들어찼다. 수호자들, 그들은 괴수를 무서워하지 않는다. 그들은 괴수를 통제한다. 괴수는 우리를 통제한다.

이기 말이 맞았다. 누구나 비밀이 있다. 특히, 모티머 굿은.

20장
이기 썸프

다음 날 미션은 번개산맥에서 있었다. 아빠 말에 의하면, 그곳은 끊임없이 폭풍우가 친다고 했다. 내게 딱 어울리는 말이었다. 끊임없는 폭풍우야말로 내 기분을 정확하게 표현하는 말이었다.

"진정해야 해."

말에 안장을 올리면서 아담이 말했다.

"진정이 안 돼. 집에 가서 한숨도 못 잤어. 덴버가 탄광에서 나와야 잘 수 있을 거야. 어젯밤에 덴버를 구출했어야 했어."

"미션 두 번만 더 하면 돼, 잘하고 있고! 하던 대로 해, 몰리!"

아담이 말했다.

"앞으로 할 미션에 집중하라고."

미션만. 다른 건 말고. 아담의 말이 맞다는 건 나도 안다. 그런데 사실은 덴버에 대한 걱정만으로 잠을 설친 건 아니다. 괴수와 수호자들에 대한 생각, 그리고 그들은 왜 괴수를 무서워하지 않는지에 대해서 생각했다. 그 사실이 괴수만큼이나 나를 어지럽혔다. 모티머 굿에 대해서 생각했다. 어떻게 그 사람은 먼지로 그걸 만들어 내지? 모티머의 수상한 거미줄이 어떻게 연결되어 있는지 알고 싶었다. 그리고 나를 도와줄 수 있는 사람을 알 것 같았다.

저 멀리 조그만 버섯 아이가 피에로라는 파란 갈기를 가진 말에게 당근을 먹이고 있었다. 내가 레오의 코를 두드리며 말했다.

"너는 여기 있어."

나는 피에로에게 아기한테 말하듯이 말을 걸고 있는 이기에게 아무렇지도 않게 걸어갔다. 이기는 겉으로는 거칠게 굴어도 마음은 부드럽고 상냥했다.

"이기. 방해하고 싶진 않지만, 물어볼 게 있어서."

내가 이기의 뒤에 멈춰 섰다. 이기는 피에로에게 하던 말은 멈췄지만 뒤를 돌아보진 않았다.

이기는 뒤로 돌지 않은 채 말에게 진홍색의 새 당근을 내밀었다.

"피에로랑 중요한 얘기 중이었어, 몰리 소녀. 잠시만 기다려 줄래?"

"못 기다려."

내가 이기만 들을 수 있게 조용히 말했다.

"못 해. 누군가를 그리워하는 게 어떤 건지 나는 모른다고 했던 말, 기억해? 이제 알아. 수호자들이 어젯밤에 내 동생을 데려갔어."

이기가 동작을 멈췄다. 내 쪽으로 도는 이기의 태도가 부드러워졌다.

"안됐다."

이기가 땅을 보며 고개를 가로저었다.

"안됐어. 정말 진심으로 안됐어. 내가 도울 수 있으면 좋겠다."

"도울 수 있을 거 같아."

내가 무릎을 꿇고 말에게 당근을 내밀었다. 수호자들이 우리가 뭔가 중요한 이야기를 나눈다고 생각하지 않기를 바랐다.

"예전에 누구나 비밀이 있다고 했잖아. 너의 비밀을 알아야겠어. 더군다나 네가 모티머 굿의 비밀을 알고 있다면."

"쉬잇. 그 사람 이름 크게 말하지 마. 설사 내가 안다 하더라도."

이기가 주위를 둘러보고는 아주 조용히 덧붙였다.

"내가 아는 걸 너한테 말할 순 없어. 나도 누군가를 보호해야 하거든. 네 동생 일은 정말 안됐지만."

내가 더 가까이 몸을 숙이고 속삭였다.

"모티머가 뭔가 나쁜 짓을 하는 건 알고 있어. 동물들을 위해서 말해 줘. 네가 말들을 사랑하는 거 알아. 거기서부터 시작하자. 어떻게 모티머가 말들을 다시 데려왔는지 알고 싶어. 그리고 왜 데려왔는지도."

이기의 눈이 분노로 번득였다.

"그 사람이 데려온 거 아냐. 내가 데려왔어."

이기는 자신이 무슨 말을 했는지를 알아차리자마자 주름진 자신의 장화를 내려다보았다. 자신이 너무 많은 정보를 흘려 버렸다는 것을 깨달은 것이다. 내가 사정했다.

"제발. 아무에게도 말 안 할게. 하지만 나는 곧 아주 위험한 일을 해야 할지도 몰라. 너의 도움이 필요해."

이기는 입술을 물어뜯으며 어떤 선택을 해야 할지 곰곰 생각했다.

"이기?"

이기는 주먹으로 이마를 누르면서 한숨을 내쉬었다.

"조금 있다가 마구간에서 만나. 마음 바뀌기 전에 빨리. 그리고 미션 시작하기 전에."

이기의 '마구간'은 이기가 묘사한 것보다 훨씬 예뻤다. 키 큰 '말하는 나무들'이 조그만 공터를 보호하듯 둘러싸면서 연꽃이 흩뿌려져 있는 개울가 쪽으로 이어져 있었다.

"말들이 저 개울에서 목욕하는 걸 좋아해."

이기가 성가신 수호자가 우리의 대화를 들을 수 없을 만큼 충분히 먼 곳으로 나를 데려가면서 말했다.

"가끔씩 밤에, 이 그루터기에 앉아 있으면 말들이 책을 읽어 달라고 내 주위로 모여들어. 동물들은 재미있는 책을 좋아하거든, 너도 알겠지만."

"더스트플라이트도 그래."

나는 늘 아빠와 덴버의 어깨 너머로 책을 읽던 허니서클을 생각했다. 그 생각을 하니 가슴이 몹시 아렸다.

"그러니까 내가 알아야 하는 건,"

"알아야 하는 걸 말해 줄게."

이기가 말했다.

"저기 버드나무 쪽으로 가자. 심각한 이야기를 나누기에는 버드나무가 최고야. 버드나무는 사람들의 비밀을 지켜 주거든. 나뭇가지에다 털어놔 봐. 말이랑 나무는 언제든 믿을 수 있어."

"이 말들은 어떻게 다시 데려온 거야?"

안전하게 버드나무 그늘 아래에 서자 내가 물었다.

"가능한 빨리 말할게, 몰리 소녀. 우리 아빠와 나는 서쪽 숲에 살았어. 수호자들로부터 숨어 있었지. 아빠는 잠시 동안 탄광에서 일했는데, 우리 아빠가 어떤 기계를 망가뜨렸다고 했어."

내가 놀라서 말했다.

"우리 아빠도 그래! 그 사람들이 똑같은 일로 우리 아빠를 고소했어. 거짓말인거 다 알아."

이기가 고개를 끄덕였다.

"그래서 나랑 아빠가 서쪽 숲에 숨었던 거야."

나는 믿을 수가 없어서 이기를 뚫어지게 쳐다보았다.

"괴수들이 안 무서웠어?"

이기는 내가 무슨 농담이라도 한 듯 콧방귀를 꼈다.

"이상해, 그 괴수라는 것들. 내가 처음 여기 왔을 때는 나도 괴수들을 피해 숨었거든. 한밤중에 괴수들이 쿵쿵거리고 돌아다니는 소리가 나면 벌벌 떨었어. 가끔은 낮에도 그랬고. 그러다가 괴수와 딱 정면으로 마주쳤어. 끔찍한 생명체더라. 내가 본 건 늑대의 몸을 하고 있었어. 얼굴은 뱀 같았고. 누가 내 머릿속에 있는 악몽을 가져다가, 내 앞에 떨어뜨려 놓은 것 같았어. 나는 옴짝달싹하지 못했어. 달아날 수 없다는 건 알았거든. 내 다리는 너무 짧으니까, 알지? 그래서 물러나지 않고 버텼어. 그리고 그 얼굴에다 대고 소리를 질렀지."

"괴수한테 소리를 질렀다고?"

이기가 어깨를 으쓱했다.

"그 생각밖에 안 났어! 그랬더니, 어떻게 됐냐면, 그게 그냥 나를 내버려 두더라. 그 후로는 괴수가 그렇게 무섭지 않아. 무서워 보이긴 해. 그런데……."

이기의 목소리가 점점 잦아들었다. 내가 이기의 말을 끝맺었다.

"그건 진짜가 아니야. 다 가짜지?"

이기가 천천히 고개를 끄덕였다. 그렇다는 뜻이다.

"수호자들은 모두 그걸 어떻게 만드는지 알고 있어. 그런데 왜 만드는지는 모르겠어."

나는 숨이 가빠졌다. 그럴 거라 의심했고, 보기도 했지만 그게 사실이라니 몸이 떨렸다.

"왜냐하면 누군가를 무서워하게 되면 그 사람의 말을 듣게 되거든. 그 사람에게 복종하고."

공터에서 큰 소리가 났다. 수호자들이 미션을 위해서 사람들을 모으고 있었다. 내가 말했다.

"빨리. 어떻게 스타버드를 데려왔는지 말해 줘. 어떻게 모티머를 만났어?"

"나는 세상 누구보다도 아빠를 사랑했어. 내가 가장 좋아하는 친구였지. 가장 좋은 아빠였고. 하지만 아무도 없이 여기 혼자 있으려니 좀 외로웠어. 놀 사람이 하나도 없었거든, 알겠지. 그래서 어느 날 외로워서 '말하는 나무' 아래서 막 울고 있었어. 바로 그때 스타버드가 나를 찾아냈어."

이기의 눈이 그 기억으로 반짝였다.

"프레드라고 불렀는데, 그 말을 타고 이 숲을 다녔어. 아빠가 너무 멀리는 가지 말라고 했어. 잡히고 싶진 않다고. 그렇지만 나는 참을 수가 없었어……. 나는 매일 조금씩 더 멀리 나갔어. 조금씩 더 멀리. 그러다가 어느 날 수호자들한테 잡히고 말았어."

나는 수년 만에 처음으로 스타버드를 본 수호자들의 눈을 상상해 보았다. 그들이 두려워했을 생각을 하니, 조금이나마 기뻤다.

"그 사람들이 내 말을 빼앗아가 버렸어."

이기가 계속 말했다.

"나를 방에 혼자 두고, 나를 어떻게 하려는 건지 몰랐어. 아빠는 또 얼마나 걱정했겠어. 마침내 모티머가 김이 모락모락 나는 음식과 신선한 코코아를 들고 나를 도와주러 왔다고 했어. '스타버드가 있는 곳으로 나를 데려다주렴.' 이렇게 말했어. '그냥 보고 싶어서 그래. 나를 스타버드에게로 데려가 주면 네 말을 돌려줄게. 그리고 네 아빠한테 보내 주마.' 라고. 그래서 나는 그 사람에게 스타버드를 보여 줬는데, 그 사람이 나더러 스타버드를 훈련시키고 서쪽 숲에 데리고 있으라고 했어. 자기를 위해 일하라고 하면서. 그러면 허락 없이 이 숲에 숨어 있었던 것에 대한 벌을 면하게 해주고, 일을 잘하면 네 아빠가 있는 집으로도 갈 수도 있다고. 그러니까…… 나는 붙잡힌 거야, 알겠지? 모티머 굿이 일을 잘 했다고 하기 전까지는 아빠를 볼 수가 없어. 일을 잘해야 모티머가 나를 가족에게 돌려보내 줄 거야."

"그 사람이 네 아빠와 말을 데리고 있어?"

내 몸은 곧 튕겨 나갈 것처럼 긴장하고 있었다. 이 순간 모티머가 내 앞에 없는 게 다행이었다. 나는 얌전히 있을 기분이 아니었다.

"맞아."

이기가 고개를 끄덕였다.

"그런데 나도 비밀이 있어. 그 사람이 원하면 말들을 내게서 다 뺏어갈 수 있겠지만, 나는 늘 말들과 연결되어 있을 거야."

이기가 버섯 모자를 벗자 땋은 검은 머리 다발이 물결치며 흘러내렸다. 다발마다 다른 색의 머리 가닥이 땋여 있었지만 가장 두껍고 가장 눈에 띄는 색은 강렬한 분홍색이었다. 이기가 말했다.

"말들은 모두 나와 연결되어 있거든. 심지어 지금도 말들이 나를 보살펴 주고 있어."

어깨 위로 무지개색의 머리를 늘어뜨리고 버드나무 아래에 서 있는 이기 썸프는 이야기책에서 빠져나온 것처럼 보였다. 조그만 산의 여왕처럼 보였다. 근사한 비밀을 잔뜩 가진.

이기가 슬프게 웃었다.

"아이들이 필요로 하는 한, 말들은 이 산을 떠나지 않을 거야. 말들은 이 산을 한 번도 떠난 적이 없어. 하지만 우리는 떠났지. 우리는 탄광으로 가고 계곡으로 갔지. 그래도 말들은 기다렸어. 여기, 숲에서. 사람들이 와서 말을 타던 곳에서. 모티머는 이 말들이 어디로 가버릴까 봐 걱정할 필요가 없어. 걱정한 적도 없었고."

은빛 눈물이 이기의 얼굴을 타고 흘러내렸다.

"대신에 모티머는 이걸 자신한테 어떻게 이롭게 써먹을지 방법을 찾아냈어. 그 사람은 항상 그랬어. 부자들은 더 부자가 되고, 가난한 사람들은 더 가난하게 되지. 그리고 아삭아삭한 금당근처럼 우리 앞에 희망을 매달아 놓았어. 그 사람이 워낙 말을 잘하니까, 우리는 계속 그 사람을 믿었지. 하지만 그 사람은 믿을 수 없는 사람이야. 우리는 우리에게 주어진 이야기대로 살아야만 해."

이기가 말하면서 눈을 굴렸다.

"그게 수호자들이 우리에게 하는 말이지. 그 사람들은 우리가 노래를 하면 먼지가 독성을 띄게 된다고 했고 우리는 그걸 믿었지. 먼지가 별빛을 꺼 버렸다고 했고, 우리는 그걸 믿었어."

"의심하지도 않았어."

내가 덧붙였다. 내 목소리가 하늘을 나는 스타버드처럼 올라갔다.

"맞아! 모두가 그들이 말한 걸 다 믿으면서 그냥 그렇게 지냈어. 우리 모두가 우리가 사랑하는 사람과 동물들을 필사적으로 보호하려고 했기 때문이야. 나는 그랬어. 너도 그런 거 같은데."

나는 고개를 끄덕였다. 나도 그랬다.

"네 말을 되찾아 올 수 있게 도울게, 이기."

이기가 고개를 저었다.

"그랬다간, 그 사람이 내 소중한 말을 다치게 할 거야. 프레드를 다치게 할 거야. 내가 할 수 있는 건 이게 다야, 몰리 소녀. 나는 너하고는 다른 방식으로 용감해."

'어쩌면 더 나은 방식으로.'라고 나는 생각했다. 이 작은 소녀가 괴수의 얼굴에 대고 소리를 지르는 모습을 그려 보는 것이 전혀 어렵지 않았다. 어쩌면 나도 그걸 시작해야 했다.

비명을 지르는 것보다 노래를 부르는 것이 나을 때도 있다. 하지만 가끔씩은 으르렁대는 것도 괜찮을 수 있다. 이기가 공터로 가라는 손짓으로 나를 쫓아냈다. 뒤를 돌아보니 이기가 개울가에 앉아서 무지개색 머리에 얹을 데이지 화관을 엮고 있었다. 말들이 이기 주변에 무릎을 꿇고 앉아 둘러쌌다. 용감한 이기를. 그들의 여왕인 이기를.

모티머가 공터의 중앙으로 성큼성큼 걸어왔다. 오늘은 벨벳 블레이저를 입지 않고 비를 대비해 반들거리는 검정 재킷을 입고 있었다. 은색 단추와 승마 장화가 반짝였다. 더 이상 그의 옷차림에 감명받지 않았다. 얼굴을 보니 절로 주먹이 쥐어졌다.

그 사람이 우리 쪽으로 돌아섰을 때 나는 깜짝 놀랐다. 그의 눈에 일렁이는 폭풍이 있었다. 무엇 때문인지 오늘은 안절부절못했다.

"오늘의 미션은 번개산맥에서 있다."

모티머가 손가락으로 머리카락을 넘기면서 말했다.

"틀림없이 비바람과 싸우게 될 거다. 하지만 여러분끼리 싸우지는 않길 바란다. 미션 중에 안 좋은 일이 있었다는 이야기를 들었다. 분노가 여러분을 이기지 않도록 하라, 나의 기수들."

모티머는 아너와 나를 슬쩍 보았다.

"오늘 미션은 조금 다를 것이다. 이기가 세부 사항들을 일러 주도록 하겠다. 그러고 나서 오늘의 특별 미션에 대해서 내가 설명하겠다."

이기가 엉덩이에 손을 얹은 채 걸어 나와서 주위를 둘러봤다. 다시 모자를 제대로 써서 무지개색 머리를 잘 감추고 있었다.

"음, 말씀하셨듯이 오늘은 번개산맥에서 일하게 될 거야. 지금까지 발을 디딘 산맥 중에서 가장 위험한 산맥이야. 다루는 방법도 하나밖에 없어. 여러분의 말을 믿는 거. 말들은 본능적으로 이런 불꽃을 피하는 법을 알아. 말들은 하늘을 이해하고 있어. 말들의 날개는 바람을 가를 수 있도록 만들어졌고."

모티머는 고개를 끄덕일 뿐 아무 말도 안 했다. 다음에 할 말을 고르느라 고심하는 것 같았다. 자신만만하게 빛나던 눈빛은 다른 눈빛, 굶주린 눈빛으로 바뀌어 있었다. 괴수들의 빛나던 눈처럼.

"번개산맥은 다른 이유로도 아주 중요하다. 오늘은 추가 킵을 받게 될 것이다. 금가루 말고 다른 것을 찾을 때 쓰면 좋겠다."

나는 아담을 흘깃 보았지만 아담도 어깨를 으쓱할 뿐이었다. 이기까지도 어리둥절해 보였다.

모티머가 한 수호자에게 자신 쪽으로 오라고 손짓을 했다. 그 남자는 작은 갈색 주머니를 들고 있었다. 우리에게 페더스워스를 줄 때 사용하던 주머니와 비슷했다. 남자가 주머니를 열고 돌아다니면서 안에 든 것을 우리에게 보여 줬다.

안에 든 것을 보니 미간이 찡그려졌다. 연한 노란색 가루였다. 텀브럴 집에서 봤던 거였다. 가끔씩 내 장화에서 봤던 거였다. 땅의 먼지처럼, 아침 하늘처럼, 내가 꾸는 악몽처럼 연한 노란색이었다.

"이건 티모르 가루다."

모티머가 정색을 하고 말했다.

"이 광물은 약으로 쓴다. 여러분도 알다시피, 탄광은 깊이 들어갈수록 더 위험해진다. 이제는 광부들을 안전하게 유지해 줄 수 있는 자원들도 떨어져 가고 있다. 우리가 금가루만 찾는 게 아니다."

이상했다. 여태까지 그가 관심을 가졌던 건 금가루밖에 없었다.

"그러니까 우리들의 안전은 티모르 가루를 가지고 돌아오는 여러분에게 달려 있다. 티모르 가루는 특히 폭풍이 끓어오르는 지점에, 번개가 쳐서 땅이 누렇게 마른 곳에 많이 분포되어 있다."

그가 말하는 폼을 보니 어쩐지 등골을 오싹했다.

"오늘 가장 많은 티모르 가루를 가져온 기수에게는 추가로 500 페더스위스를 더 지급하겠다. 이 돈은 여러분 중 몇몇의 모든 것을 바꿀 수 있을 것이다."

모티머 굿이 나를 똑바로 쳐다보았다.

"한 번의 결정이 모든 것을 바꿀 수 있다."

갈비뼈까지 떨려왔다. 내게 경고하는 거다. 내가 뭘 봤는지 알고 있는 걸까? 말할 엄두도 내지 말라는 걸까?

내가 모두에게 말해 버리면 어떻게 될까? 그의 거짓말을 폭로해 버리면? 내가 사실을 말한다고 해서 먼지가 물러가고 별들이 돌아오지는 않을 것이다. 그렇다면 내가 조용히 있으면? 다음 미션을 끝내고 나서 덴버를 집으로 데려올 수 있다. 우리 가족을 위해서 계속 돈을 벌 수도 있을 것이다.

모티머가 내 눈을 뚫어지게 쳐다봤다. '너는 모티머 굿을 무서워하고 있어.' 내 심장이 뼛속까지 울릴 만큼 크게 말했다. 모티머 굿이 어떤 사람인지 이기에게 방금 전에 들었다. 그가 먼지 꼭두각시를 휘젓는 것을 보자마자, 위험한 사람이라는 걸 알았다. 그 사람은 모든 것을, 내가 사랑하는 사람을 내게서 모두 빼앗아 갈 수 있는 힘이 있다.

"몰리. 오늘 뭘 할 거지?

모티머의 목소리는 낮은 천둥 같았다.

내 심장 소리가 귀에서 쿵쿵 울렸다. 모든 기수들이 어리둥절해서 나를 쳐다보았다. 이기가 눈이 커다래져서 나를 봤다. 모티머는 내가 뭔가 안다는 것을 알고 있다. 내 목소리가 덜덜 떨렸다.

"오늘 가장 많은 티모르 가루를 가져다드리겠습니다. 제가 추가로 주는 페더스워스를 가질 거예요."

이 말에 모티머가 미소를 지었다. 눈빛이 부드러워졌다.

"말에 오르도록. 용감하여라, 나의 기수들이여."

모티머가 의기양양하게 소리쳤다.

번개가 있다고 하니 이번 미션에서는 나의 만능 스냅이 안전하지 않을 거란 생각이 들었다. 나는 사람들이 가방이나 재킷을 두는 땅바닥에 만능 스냅을 던져두었다. 작업복의 양쪽 소매를 팔꿈치까지 걷어붙였다. 팔에 아무것도 안 달려 있는 기분이 좋았다. 아무도 알아채거나 관심을 가지지 않는 것 같아서 그것도 좋았다.

"이건 내가 보관해 줄게."

이기가 만능 스냅을 집어 팔 아래에 끼면서 말했다.

"언제 필요할지 모르잖아."

이기가 내 팔을 잡으려고 다정하게 손을 뻗었다. 우리의 눈이 부딪치자 이기가 슬프게 웃었다.

"우리는 우리가 해야 할 일을 하는 거야, 몰리 소녀."

이기가 말했다.

"용기에는 여러 종류가 있으니까."

"나는 용감한 기분이 안 들어. 그냥 바보 같아."

내가 걸어가면서 말했다.

말을 타고 모티머를 지나칠 때 모티머가 내게 미소를 지었지만, 나는 미소로 답하지 않았다. 이제 그의 미소는 늑대 같았다.

번개산맥은 바위투성이의 주황색 산맥이었다. 산맥 쪽으로 날아가자, 빙빙 도는 먹구름에서 번쩍이는 번개 줄기가 보였다. 구름이 하도 부드럽게 돌아서 어릴 때 엄마와 함께 핑크베리 파이를 만들던 게 생각났다. 엄마가 얌전히 저으라고 말하면서 내 손 위에 엄마 손을 포개 어떻게 하는지 알려 줬다. 천천히 젓게 하려고. 아마도 나는 얌전히 하는 데는 소질이 없었나 보다. 이번에도 얌전할 때는 아닌 것 같았다.

"천천히."

남자아이들이 말에게 소리쳤다. 하지만 나는 레오에게 말해 줄 필요가 없었다. 레오는 이미 침착했고 강인했다. 나는 레오의 목을 쓰다듬으면서 레오에게 상기시켰다.

"나 여기 있어. 우리는 괜찮을 거야."

우리는 폭풍우가 치는 아래쪽으로 더 가까이 날아갔다. 공기는 따뜻했고 전기가 흘렀다. 숨을 내쉬는 것처럼, 산 중턱에서 따뜻한 바람이 우리 얼굴로 갑작스럽게 훅 불어왔다.

쾅. 천둥이 도끼처럼 구름 위를 내리쳤다. 산들이 천둥소리를 잡아서, 포효하는 것처럼 앞뒤로 흔들렸다.

"돌아가야 할까?"

다른 아이들 몇몇이 돌아가는 걸 보고 아담이 소리를 질렀다.

"아니!"

내가 소리쳤다. 이번 비행은 1500페더스워스를 벌 수 있다. 덴버를 데려올 수 있는 4000페더스워스에 가까워질 수 있는 금액이다.

나는 숲을 달려서 엄마에게 페더스워스를 주는 상상을 했다. 너무 많아서 엄마의 앞치마에 다 담을 수가 없다. 샛노란 동전이 엄마 얼굴에 반사된다.

대기가 변덕스러워지고 너무 거칠어져서, 레오가 안정되게 날지 못하고 다리를 미친 듯이 놀리면서 힝힝거렸다. 아래쪽에 있던 남자아이들이 바람에 맞아서 소리를 질러댔다.

레오는 3미터쯤 툭 떨어졌는데, 너무 빨리 내려가는 바람에 안장에서 엉덩이가 붕 뜨자 나는 비명을 질렀고, 또다시 소리 지르며 내려앉았다. 다시 고삐를 제대로 잡고 말했다.

"뚫고 가, 레오. 달려!"

번개가 내 왼쪽으로 번쩍하고 내려치자 레오가 오른쪽으로 방향을 확 꺾었다. 번개가 친 곳에서 불꽃이 날았다.

쾅! 또 한 번 내 오른쪽에서 번개가 치자 다시 레오가 방향을 틀었다. 번개가 번쩍하고 내려칠 때마다 열기가 느껴졌다.

나는 레오가 이끌어 가게 뒀다. 레오는 보라색 번개가 계속 치는 곳 주변으로 나를 데려갔다.

그러고 나서 레오가 아래로 내려갔는데 동굴이 보였다. 잠시 쉴 수 있을 것 같았다.

동굴은 깊었고 천장에서 튀어나온 날카로운 바위들로 험했다. 너무 깜깜해서 레오조차 망설이기 시작했다. 레오가 암벽을 들이받아서 옆구리가 쓸렸다.

"조심해, 레오! 속도를 줄여! 진정해!"

내가 레오를 진정시켜 보려 했다.

하지만 레오는 내 말을 들을 수 없었다. 천둥소리가 바깥에서보다 훨씬 크게 울렸기 때문이다. 나는 레오의 옆구리를 살짝 쳤다.

"위로!"

레오는 내 명령에 따라서 다시 폭풍우 속으로 나갔다. 오른쪽에 얼핏 아담이 보였다. 아담은 아너를 떨쳐내느라고 바빠서 가루를 전혀 담지 못하고 있었다.

"조심해!"

내가 소리쳤다. 하지만 아담은 듣지 못했고, 아너는 들었다.

모든 게 슬로모션처럼 느껴졌다. 아담의 말이 번개를 피하려고 옆으로 날았고, 아담은 발로 꽉 잡고 있던 것을 완전히 놓치고 말았다. 아담이 말의 목을 잡았지만 이제는 비까지 퍼붓고 있었다. 너무 미끄러워서 말을 잡고 있기 힘들었다.

아너가 다시 가까이로 날아왔다. 아너라는 애가 어떤 애인지는 알고 있었지만, 그래도 지금은 아담에게 손을 내밀어 말에 탈 수 있게 도와줄 거라고 생각했다. 하지만 그런 일은 일어나지 않았다. 아너는 긴 다리를 쭉 뻗었다. 나는 이미 비명을 지르면서 그 아이들 쪽으로 날아가고 있었지만, 제시간에 닿지 못했다. 아너가 아담의 손목을 짓밟았다. 그리고 아담이 손을 놓았다. 내가 비명을 질렀다.

"레오! 아래로 뛰어!"

우리가 아담을 위해서 쏜살같이 내려갔지만 할 수 없으리라는 걸 알았다. 나는 아담이 고통스럽게 손목을 쥐고 공중에서 추락하는 걸 보았다. 가슴속에서 공포가 쫙 퍼졌고 끔찍한 장면, 내 친구가 떨어지고 있는 장면을 제외하고는 주위의 모든 사람들이 희미해졌다.

나는 큰 소리로 명령했고, 우리는 더 빨리 땅을 향해 날았다. 하지만 아담은 너무 빨랐다! 아담은 공중에서 싸우고 있었다. 아담의 눈이 나와 레오에게 고정되어 있었다. 아담이 낮게 떠다니는 구름 속으로 사라져 버리자 나는 비명을 질렀다. 그것 아래에 무엇이 있는지 볼 수 없었지만, 상관없었다. 나는 아무것도 보이지 않는 구름 속으로 뛰어들어서, 반복해서 "아래로 레오! 아래로!"라고 소리 질렀다.

마침내 우리가 아담 아래에서 솟아올랐고, 아담은 내 뒤 안장에 앉았다. 아담의 팔이 내 허리를 꽉 잡았다. 아담이 내 어깨에 이마를 기대는 게 느껴졌지만 아담은 아무 말도 하지 않았다. 이렇게 떨어지고 나서라면 나라도 할 말을 찾을 수 없을 거다. 다시 하늘 위로 올라가니 제프가 낮은 구름을 뚫고 날아와 아담의 얼굴에 코를 비빌 만큼 가까이에 있었다.

"고마워, 몰리."

아담이 작게 말했다. 떨리는 손을 뻗어서 나를 지나 레오의 목을 쓰다듬었다.

"고마워, 친구."

"집으로 가자, 레오."

폭풍우 속에서 내가 말했다. 코너, 니코, 그리어가 모두 내 옆에서 날고 있었다. 우리의 주머니는 가득 찼다.

"티모르 가루를 잔뜩 모았어. 아너가 원했던 거야."

아담이 말했다.

"그걸 가지려고 너를 죽일 뻔했어."

내가 소리쳤다.

"게다가 걔는 500페더스워스가 필요하지도 않잖아!"

아담이 말했다.

"저기 위는 이상했어. 아너는 흥분해 있었어. 비행할 때는 우리도 다 그래. 그런데 먼지 구름이 낮게 날아와서 아너의 얼굴을 덮치니까, 바로 그때 아너가 나를 발로 찼어. 네가 거기 없었다면."

"생각도 하기 싫다."

나는 레오의 갈기에 노란색 가루가 뭉쳐있는 걸 보고 털어내려고 손을 뻗었다가 그 위에서 멈췄다. 손가락으로 티모르 가루를 약간 집어서 색깔을 다시 보았다.

노란색 녹. 아침 먼지 같은 노란색. 괴수의 눈처럼, 내 장화 안에 있는 작은 알갱이처럼, 이 산들의 중심부를 가로지르는 강처럼 노란색이었다.

이상하게도 나는 우리가 벌게 될 돈에 대해서 생각하고 있지 않았다. 티모르 가루에 대해서 생각하고 있었다. 내가 어릴 때 엄마 아빠가 들려주신 이야기를 생각하고 있었다. 머나먼 곳에 있던 산에 대한 이야기를. 산에서 흘러내렸던, 연한 노란색을 띠었던 '티모르강'에 대한 이야기를.

"그 사람들이 탄광에서 티모르 가루를 사용하는 거 본 적 있어? 우리가 학교에서 배웠던 강에 있던 가루와 똑같은 거야?"

내가 아담에게 묻자 아담이 고개를 끄덕였다.

"밤에 삽으로 파서 커다란 용광로에 집어넣었어. 수호자들 말로는 그게 겨울에도 탄광을 따뜻하게 해 주는 자원이래. 강 주변에 가장 두껍게 깔려 있다나 봐. 그런데 티모르 가루는 어디에나 있어. 탄광에서 그 가루를 더 발견하면 수호자들이 추가로 휴식시간을 더 줬거든."

이제 나는 커다란 용광로를 상상하고 있었다. 어떻게 매일 밤, 하늘로 연기를 날려 보내는지. 어떻게 우리가 그걸 매일 들이마시고 있는지. 수호자들은 이 가루가 약이라고 했다. 그런데 그게 아니라면? 그게 우리에게 주어진 이야기라서 그대로 살고 있는 거라면?

이번에는 먼지 구름의 도움 없이도 내 안에서 분노가 발톱을 내밀었다. 나는 몸을 앞으로 숙이고 공터로 질주했다. 모티머 굿에게 물어볼 게 있었다. 나는 결정을 내려야 했다.

레오가 땅에 내리자마자 나는 아담에게서 티모르 가루를 가져왔다. 날이 저물고 있었다. 몇몇 기수들은 이미 돌아와 있었다.

"어디 가는 거야? 몰리, 뭐하려고?"

아담이 소리치는 게 들렸다.

'나는 괴수와 대면할 거야. 그리고 얼굴에 대고 소리를 질러 줄 거야.'

"몰리!"

모티머 굿이 나를 보고 미소를 지었다.

"진즉에 알아봤어야 했는데, 네가 이걸 찾을 아이……."

"이게 진짜 뭔지 알고 싶어요."

내가 주머니를 들어 보이며 물었다.

"강에 있는 것과 같은 티모르 가루예요?

모티머는 여전히 웃고 있었지만, 나를 보는 눈빛이 변했다.

"그래, 그게 티모르 강둑에서 발견되지. 여러 군데에 쓰인단다."

내가 조그맣게 물었다.

"흙으로 괴수를 만드는 것처럼요? 이거랑 똑같은 색을 산 여기저기서 봤어요. 먼지 구름에서도 봤고요. 어떨 때는 먼지에서도 봤어요."

"그건 먼지지."

모티머가 낮고 단호한 목소리로 말했다. 이제 웃고 있지 않았다.

감추는 것도 없었다. 이제 기수들이 다 돌아왔다. 말들이 공터를 따라 껑충거리는 소리가 들렸다. 하지만 내게는 내 숨소리가 더 크게 느껴졌다.

"당신이 먼지를 만들잖아요."

내가 조용히 말하자 모티머가 고개를 끄덕였다. 그러고 나서 뻔뻔스럽게도 활짝 웃었다. 저 미소가 멋있다고 생각한 적이 있었다는 게 믿기지 않았다.

"모두에게 말할 거예요."

내가 이를 악물고 말했다.

"아니, 안 할걸."

모티머가 이번에는 걱정하는 목소리로 말했다.

"그래 봐야 소용이 없거든. 너무 오랫동안 그렇게 믿어 와서, 사람들은 다르게 생각하는 것조차 무서워 해. 네가 거짓말을 한다고 생각하겠지. 네가 문제만 일으킨다고 생각할 거야."

"저는 문제를 일으키고 싶어요."

나는 떨리는 것을 티내고 싶지 않아서 팔을 몸에 딱 붙였다.

"하지만 네 동생이 그러길 원할까?"

모티머가 나를 내려다보며 친절하게 웃었다. 아주 자상한 삼촌처럼. 그는 나의 가장 취약한 곳을 알고 있었다.

"내가 귀여운 덴버를 다운 빌로우에 데리고 있을 수 있거든, 몰리. 내가 원하는 만큼 데리고 있을 수 있지. 지금 자기 누나가 영웅이라고 자랑하고 있더구나. '하늘을 나는 몰리', 너를 그렇게 부르더구나. 나는 그 아이가 너를 보는 시각을 바꿔 줄 수도 있단다. 영원히 떼어놓을 수도 있지, 만약……."

나는 목구멍이 엄청 따끔거리는 기분을 느끼며 침을 꿀꺽 삼켰다.

"만약이라뇨?"

"이 모든 걸 비밀로 하지 않으면."

그의 목소리는 우리가 날씨에 대한 이야기라도 나누는 듯 편안했다. 하지만 날카로운 눈빛은 그냥 넘길 수가 없었다.

모티머는 목청을 가다듬고 수호자 중의 하나에게 고갯짓을 했다. 그들은 우리 컵의 무게를 잴 것이다. 여느 다른 날처럼.

"선택은 네가 한다."

모티머가 장갑 낀 손을 내 어깨에 올려놓으며 말했다.

"잘 생각해서 선택하렴, 산 소녀."

모티머 쪽에서 갑자기 수호자가 한 명 나타났다.

"이 아이도 미션을 마쳤나요? 무게 잴 가루는 있니?"

"네."

내가 눈을 땅바닥으로 떨구며 수호자에게 주머니를 내밀었다.

"잘했다."

모티머가 조용히 말하고는 돌아서서 걸어갔다.

수호자는 두 자루의 페더스워스를 주었다. 하지만 이번에는 그 돈이 나를 희망과 자부심으로 채워 주지 않았다. 나는 이기에 대해서 생각했다. 우리는 진짜로 같은 처지에 놓였다. 우리 둘 다 시키는 대로 하고 있었다. 모티머가 우리가 사랑하는 사람을 보살필 돈을 충분히 줄 거라고 믿으면서.

하지만 모티머는 이기의 아빠를 떼어 놓을 또 다른 이유를 찾아 낼 거라는 걸 이제 깨달았다. 내 동생을 다운 빌로우에 둘 이유도. 내가 얼마나 많은 미션을 완수하든 얼마나 많은 페더스워스를 벌든 상관없었다.

"있잖아. 이거 내가 보관하고 있었어. 필요할까 봐."

이기가 내 만능 스냅을 내밀었다.

받으려고 손을 뻗었는데 이기가 자신의 작은 손을 내게 포갰다.

"너와 함께 할게. 도울 거야. 네가 뭘 하든."

모티머와 수호자들이 아너 무리와 이야기하면서 공터를 가로질렀다.

"내가 부를 때까지 여기서 상황을 좀 지켜봐 줘."

내가 만능 스냅을 제자리에 끼면서 말했다.

"내가 문제를 일으킬 거거든."

이기는 양 볼이 푹 패도록 활짝 웃었다.

"그럴 줄 알았어."

나는 아담과 콜탑의 아이들에게로 당당하게 걸어갔다. 나는 그리어와 코너, 니코에게 우리 부모님을 숨겨 달라고 말했다.

"매브 할머니가 도와주실 거야. 나는 괜찮다고 말해 줘. 나를 믿으라고. 나중에 더 말해 줄게."

내가 조용히 말했다.

"나는 너랑 같이 갈게. 어딜 가든."

아담이 말했다.

"좋아."

내가 말에 오르면서 말했다. 아담도 말에 올랐다.

"레오, 달려. 그리고 날아."

"너희 둘 어디 가는 거야?"

우리가 하늘로 날아오르자 수호자가 소리쳤다.

뒤를 돌아보니 모티머가 우리를 보고 있었다. 아주 잠깐이었지만 얼굴에 늑대 웃음이 번지는 것을 보기에는 충분한 시간이었다.

너무 빨리 하늘로 날아올라서 얼굴이 덴 것 같았지만, 우리는 곧 산 탄광 쪽으로 방향을 틀었다.

21장

구출

탄광과 관련된 처음 기억은 엄마 손을 잡고 있었던 거다. 숲의 느낌이 기억난다. 차갑고 축축했다. 페퍼민트와 라벤더 향이 났다. 엄마와 나는 점심 도시락 통을 흔들면서 걸었고, 호루라기 소리가 나면 엄마는 내게 미소를 지으며 먼저 가라고 했다. 나는 아빠를 만나러 달려갔다. 호루라기를 불면 아빠가 올라왔다.

남자들이 그을음 때문에 새까맣게 돼서 탄광에서 쏟아져 나오던 모습이 기억난다. 어깨에 앉은 노란 새를 제외하고는 전부 새까맸다. 아빠는 미소를 지으며 나를 향해 팔을 활짝 벌렸다. 아빠의 팔은 내게 날개 같았다. 나를 안전하게 지켜 주는 안식처였다. 탄광에 대한 행복한 기억이다. 하지만 나는 더 이상 어리지 않다. 그리고 이제는 다운 빌로우가 끔찍한 곳이라는 것도 안다.

레오가 남쪽 숲을 미끄러지듯 날아서 눈에 띄지 않게 숲이 무성한 곳에 착지했다. 수호자들이 탄광의 입구에서 보초를 서고 있었다.

나는 길게 숨을 내뱉으며 가슴을 진정시켰다. 다음에 무슨 일이 벌어질지 몰랐기 때문이다.

"지금은 좀 겁이 나. 너는?"

내가 아담에게 말했다.

"나는 '하늘을 나는 몰리' 랑 같이 있어서."

아담이 말했다.

"내가 도움이 필요하면 네가 구해 줄 거잖아."

내가 고개를 저으며 한숨을 내쉬었다. 이번 구출에는 별 계획이 없었다. 여기서 덴버를 끄집어내겠다는 생각은 늘 했지만, 막상 여기 있으니 가슴이 두방망이질 쳤다. 모든 게 잘못될 수도 있다. 하지만 감사하게도 이 모든 것을 오랫동안 생각할 시간이 없었다.

"너 준비됐으면 가자. 제발 붙잡히지 마."

내가 말했다.

"너도."

아담이 말했다. 그러고 나서 아담은 다정하고 나이 많은 그의 말에게로 돌아서서 말했다.

"너는 내 위에서 날기만 하면 돼. 저 사람들이 못 볼 만큼 높이. 그러다가 저 사람들이 나를 붙잡기 전에 내려와서 나를 잡아채야 돼. 하나도 안 어렵지?"

제프가 아담의 이마를 코로 툭툭 쳤다.

"알았어, 알았어."

아담이 말하면서 말의 코를 비볐다.

"그러고 나서 간식 먹자."

제프가 우리 위로 날아올랐다. 아담은 나를 마지막으로 쳐다보고, 마지막으로 활짝 웃어 보이고, 수호자들의 주의를 끌 만큼 세게 발을 구르면서 나무 사이로 달리기 시작했다.

"저기다!"

수호자들이 아담을 쫓아 달리면서 소리쳤다.

나는 몸을 숙여서 레오를 안았다.

"너는 나를 찾을 수 있을 거야."

레오가 내게 고개를 숙이고 힝힝거렸다. 그 소리가 슬프고도 높아서 가슴이 찢어졌다. 내가 약속했다.

"조심할게. 내 걱정은 안 해. 네가 걱정 돼. 나를 잘 보고 있기만 해. 알겠지?"

레오가 다정하게 내 눈을 뚫어져라 쳐다보았다. 레오는 언제나 나를 찾아낼 것이다. 레오는 진짜 친구다.

레오에게서 떨어져서 나는 탄광으로 달려갔다. 어두운 출입구를 재빨리 지나서 터널로 들어갔다. 횃불이 벽을 따라 늘어서 있어서 처음에는 내리막도 쉬웠다. 불빛이 희미하긴 했지만, 그래도 볼 수는 있었다. 내리막이 가팔라지면서 장화가 미끄러졌고, 나는 똑바로 서기 위해서 몸의 무게를 살짝 뒤로 실었다.

"일단 아래로 가. 자는 동굴은 제일 낮은 곳에 있어."라고 아담이 말했다. 횃불이 없어지자, 내 만능 스냅으로 손을 뻗었다. '이걸 사용해 볼 기회야.' 라고 혼자 생각했다. 손가락을 하나하나 살펴보면서 불빛이 나오는 손가락을 찾았다. 성능 좋은 불빛은 아니었지만 내 앞길을 밝혀 주었고 그거면 충분했다. 나는 차갑고 축축한 벽을 손으로 짚으면서 좀 더 깊이 미끄러져 내려갔다.

탄광 안을 이렇게까지 멀리 들어와 본 건 처음이었다. 온통 깜깜했고, 모든 게 조용해서 공포감이 더 커졌다. 덴버를 못 찾으면 어떡하지? 이미 모티머가 여기에 와 있으면 어떡하지? 모티머가 덴버를 데려가 버렸으면? 수호자를 이쪽으로 보내는 데는 오래 걸리지 않을 것이다.

나는 속도를 높였다. 반은 미끄러지고 반은 달리면서 아주 빠르게 탄광으로 내려갔다. 그때 근사한 소리가 내 귀를 채웠다. 코 고는 소리였다.

'여러 명이 코 고는 소리를 찾아.' 아담 말이 맞았다. 아이들이 깊이 잠들어 단체로 코를 골고 있었다.

좁은 터널을 기다시피 낮게 엎드려 가자, 잠자는 동굴이 나왔다. 거대한 돔 형태였는데, 벽을 깎아 만든 수백 개의 작은 방들이 있었다. 남자아이들은 각자의 공간에서 누더기가 된 헝겊을 목까지 끌어당겨서 자고 있었다. 껌으로 동굴 벽에 붙여 놓은 그림이 보였다. 낡은 곰 인형의 단추 눈이 얼굴에서 떨어질 것처럼 대롱대롱 매달려 있었다. 덴버는 어려서 별로 좋지 못한 방에 있을 거라고 확신했다. 맞았다. 덴버를 보자 슬프고 높은 소리가 가슴에서 새어나왔다. 울음과 기쁨의 비명 사이의 어떤 것이. 레오가 내게 냈던 소리와 별반 다르지 않았다. 나는 덴버가 자는 모습을 보면서 재빨리 손으로 입을 막았다. 덴버의 가슴이 오르락내리락 했다. 덴버의 얼굴은 평화로웠다. 다친 곳도 없었다.

나는 덴버가 있는 방 안으로 기어들어 가서 덴버의 머리를 뒤로 쓸어 넘겼다. 이마에 입맞춤을 하고 조그맣게 덴버의 이름을 불렀다.

덴버가 자기 책과 곰 인형을 움켜쥐고 벌떡 일어났다.

"누나?"

덴버가 질문처럼 내 이름을 조그맣게 말했다.

그러고 나서 다시, "누나!"라고 했다. 약속을 말하는 것처럼.

나는 덴버를 꼭 끌어안았다.

"지금 나가야 해. 그리고 누나를 믿어야 해. 모두 다 너무 미안해. 너무 무서웠지."

덴버가 고개를 저으며 말했다.

"안 무서웠어. 나도 누나처럼 용감할 수 있어. 내가 만난 사람들한테 다 우리 누나는 끝내주는 영웅이라고 했어. 그 사람들도 누나를 좀 알긴 하더라. 자기 가족들이 보낸 편지에서 봤대. 스타버드가 돌아왔다는 소문도 들었대. 밤중에 불꽃처럼 말을 달릴 수 있는 여자애가 있다는 소문도. 그게 누나야. 나는 누나가 엄청 자랑스러워."

지금 내가 범법 행위를 저지르고 있다는 걸 알게 되면, 그렇게 나를 자랑스러워하지 않을지도 모르지만, 어쨌거나 지금은 매우 기분이 좋았다.

"눈에 안 띄고 이 탄광의 꼭대기로 가는 길 알아?"

덴버가 활짝 웃었다.

"나 따라와."

덴버는 다 알고 있다는 듯이 민첩하게, 속도를 내서 터널을 지나고 사다리를 올라가면서도 가지고 있던 책이나 곰 인형을 한 번도 떨어뜨리지 않았다. 덴버의 아기 더스트플라이트는 덴버의 어깨에 앉으려고 했지만 번번이 미끄러졌다. 결국 덴버가 손으로 살포시 잡아서 데리고 갔다.

"거의 다 왔어."

덴버가 풀로 뒤덮여서 거의 알아보기 힘든 앞쪽 문을 가리키며 말했다. 하지만 덩굴을 뜯어내려고 덴버의 작은 손가락이 문에 닿자마자 경고음이 터널을 따라 탄광 전체에 울려 퍼졌다.

"잠겼어!"

나는 덴버를 밀어내고 내 만능 스냅에서 알맞은 도구를 찾았다. 자물쇠를 열고 문을 밀어 여는데 긴장해서 팔이 덜덜 떨렸다. 내가 범죄를 저지르는데 이렇게 재능이 있으리라고는 생각도 못했다.

우리는 밖으로 나와, 탄광 출입구의 맞은편 언덕 위로 올라섰다. 경고음이 요란하게 울려댔다. 온 산이 들을 수 있을 것 같았다.

덴버가 말했다.

"이제 누나 계획은 뭐야?"

"저기다!"

수호자 한 명이 소리치며 나무 사이로 달려왔다. 덴버는 아기 더스트플라이트에게 입맞춤을 하고는 놓아줬다.

"뛰어!"

내가 말하면서 덴버의 손을 잡고 내 쪽으로 끌어당겼다.

"이쪽으로 가면 안 돼! 저 앞은 절벽이야. 진짜 높아!"

덴버가 소리쳤다.

"알아. 잡아."

내가 덴버를 팔로 확 안아서 등 뒤로 업으면서 말했다.

"누나, 거긴 절벽이야! 진짜 한참 동안 떨어진다고!"

"누나를 믿어."

나는 멈추지 않고 달렸다. 수호자가 따라오는지 뒤를 한번 흘깃 돌아봤다. 수호자의 망토가 휘날리고 칼이 번득였다. '그래봤자 우리는 못 잡을 까마귀들.' 이라고 혼자 생각했다.

나는 훌쩍 뛰어내렸다. 그리고 믿었던 딱 그대로, 레오가 내 아래서 쑥 올라와서 나를 하늘로 들어 올렸다. 나는 덴버를 돌려서 내 앞쪽으로 앉혔다. 다시는 놓치지 않을 것이다. 덴버가 소심하게 웃었다.

"이거 정말 와우다."

말을 탄 아담이 우리 옆으로 솟아올랐다. 숲을 달린 뒤라 숨이 가빴다.

"이제 우리 어디로 가지?"

아담이 물었다. 덴버가 내 가슴 쪽으로 몸을 기댔다.

"어디든 안전한 곳으로."

내가 아담을 보면서 말했다.

"우리를 찾으러 올 수 없는 곳으로. 날 따라와."

"누나! 이건 너무 높아!"

레오가 더 높이 올라가자 덴버가 소리쳤다.

"괜찮아."

내가 덴버에게 알려줬다.

"다리로 꽉 잡고 있어. 내가 너한테 꼭 붙어 있다는 거 기억하고. 안 떨어지게 할게. 나랑 있으면 안전해."

내가 장화로 차면서 말했다.

"하늘 위로, 레오!"

말들이 탄광 위쪽에 있는 우거진 숲 위를 날면서 부드럽게 방향을 틀었다. 날개를 펄럭이자 바람에 머리가 마구 휘날렸다.

이 순간을 영원히 잊지 못할 거라고 생각했다. 내가 안을 수 있을 만큼 동생이 작았던 이 순간을. 덴버의 눈에 비친 나는 덴버의 영웅이었다.

더 좋은 건, 내가 덴버를 탄광에서 구출하거나 말을 타는 법을 알기도 전에 덴버는 나를 그렇게 바라봤다는 거다. 덴버는 반드시 이렇게 신나는 모험을 하며 살 수 있게 해 줄 것이다. 덴버는 용감한 일을 훨씬 더 많이 할 것이다.

황량하고 눈으로 뒤덮인 곳이라 펨버산맥이 은신처로 딱 떠올랐던 것 같다. 처음엔 아주 좋은 생각인 것 같았지만 이곳의 공기는 너무 차가워서 추위가 살을 파고드는 것 같았다. 먼지에 너무 가까이 있어서 빛은 희미했고, 추위와 어둠은 우리가 몹시 지쳤다는 사실만 극명하게 알려 주었다. 뱃속에서 꼬르륵 소리가 하도 크게 나서, 우리가 웅송그리고 있는 동굴 안으로 울려 퍼질 정도였다. 탄광을 벗어난 지 몇 시간이 지났다. 추위는 말할 것도 없고 배가 고파서 좋은 생각이 잘 안 떠올랐다.

여기서는 안전하다. 하지만 영원히 여기 있을 수는 없다. 나는 패배한 기분이었다.

말들은 우리 가까이에 무릎을 꿇고 앉아서 날개로 우리를 덮어줬다. 말들의 온기가 도움이 됐지만 말들이 걱정됐다. 레오의 코에 얼음 수정이 맺힌 게 보였다.

"곧 여기를 벗어날게. 잠시만 생각할 시간을 줘……."

내가 레오에게 약속했다.

덴버는 자려고 했지만 쉴 새 없이 뒤척이고, 돌아눕고, 매번 악몽 때문에 인상을 썼다. 아담은 머릿속의 문제를 풀려고 생각할 때면 그러듯이, 왔다갔다 서성였다.

나는 숲속 어딘가에 숨어 있을 부모님을 생각했다.

복종하지 않아서 전혀 쓸모없어진, 내가 번 페더스워스를 생각했다.

진실을 가지고 모티머와 대적한 건 내가 저지른 최악의 일이었던 것 같았다. 지금 이 순간은 내가 잘못 선택했다는 느낌이 들었다.

"모티머의 거짓말을 사람들에게 어떻게 드러내지?"

내가 아담에게 물었다. 아담은 팔이 닿을 정도로 가까이에 있었다. 따뜻하게 하기 위해서이기도 했지만, 위로하기 위해서이기도 했다.

"그걸 증명할 방법만 있다면 알게 될 텐데."

아담이 말했다.

"네가 티모르 가루로 괴수를 만들어 내면 어떨까? 모든 게 그저 멍청한 마법적인 속임수라는 걸 증명하는 거지."

"내가 그걸 어떻게 배워?"

"더 좋은 방법이 있을 거야."

아담이 입술을 물어뜯으며 마음속으로 시나리오를 구상했다. 그리고 나는 너무 피곤해서 잠을 잘 수도 없어서, 손 위에 얼굴을 올려놓고 있었다.

소리를 지르고 싶었다. 그래서 대신 덴버의 부드러운 머리카락을 손가락으로 쓸어 주면서 노래를 불렀다.

산 소녀야, 고개를 들어 보렴,

별들이 너를 위해 밝게 빛난단다.

손을 뻗어 은색 가닥을 잡아.

모두가 볼 수 있게 아름답게 땋으렴.

"몰리?"

동굴 입구에 서 있었던 아담 주위로 눈이 떨어져 내리고 있었다. 아담이 고개를 들어 하늘을 올려다봤다.

"응?"

천천히, 아담이 뒤로 물러서자 스타패치가 동굴 안으로 날아들었다.

깃털처럼 부드럽고, 바람처럼 시원한 스타패치가.

내가 손을 내밀자 스타패치가 나비처럼 사뿐히 내려앉았다.

아담이 고개를 저었다.

"저게 어디서 온 거지? 여기까지?"

나는 동굴 가장자리로 걸어가서 하늘을 올려다보았다. 눈 위에는 먼지가 있었다. 거기서 뭔가가 나풀거리며 믿을 수 없을 만치 너무나 밝게 빛나고 있었다.

나는 궁금해지기 시작했다. 나는 몸을 떨며 다시 노래를 불렀다. 또 다른 스타패치가 내게로, 내 노래로 날아들었다.

하늘에서 별빛을 끌어당기는 노래였다. 수호자들은 먼지가 위험하다며 모두에게 노래를 부르지 말라고 했다. 먼지가 위험하긴 하지만 그건 먼지 안에 있을 때 얘기다. 우리에게 노래를 못 부르게 하는 다른 이유가 있다면 어떻게 되는 걸까?

"생각이 있어."

내가 아담을 지나쳐 동굴로 뛰어 들어가며 말했다. 레오의 등에 올라타는데 희망에 찬 숨이 터져 나왔다.

"여기서 기다려."

"뭐하려고?"

내가 재빨리 레오를 동굴 가장자리로 몰았다.

"몰리……."

아담이 레오의 갈기로 손을 뻗어 못 가게 했다.

"네 얼굴을 보니까 불안해. 뭘 하려고?"

"봐야 해. 봐야겠어……."

얼굴에서 웃음을 걷어낼 수가 없었다.

"저 먼지 위에 뭐가 있는지."

아담이 눈이 커다래졌다.

"너, 미쳤어? 먼지는 독이야!"

"누가 그래?"

아담은 하고 싶은 말을 꾹 참고 있었다. 무슨 말이 하고 싶은지 안다. 수호자들이 그랬다는 거겠지.

"증거도 있잖아."

아담이 말했다.

"먼지 방울이 떨어지면 슬픔에 사로잡히잖아. 먼지 구름을 통과해서 날면 분노가 가슴에 가득 찰 거야."

내가 어깨 너머로 소리쳤다.

"어떤 건지 나도 알아. 먼지가 사람을 멍하게 만드는 거 알아. 그래서 수호자가 우리 집에 왔을 때 사용했던 거고. 어떤 때는 우리를 혼란스럽게 하고 외롭게 만들기도 하지. 전부 끔찍한 기분이거나 아니면 아예 기분을 못 느끼게 하기도 하고. 그 사람들이 그렇게 만들었어. 괴수를 만들었듯이. 그 사람들이 우리가 어떻게 해야 하는지를 말해 줬지. 하지만 별들에게 어떻게 하라고 누가 말할 수 있겠어? 그저 그 사람들이 우리한테서 별을 숨긴 거라면? 빛이 돌아오고 싶어 한다면?"

이제까지 너무나 오랫동안 우리는 우리에게 주어진 이야기를 믿었다. 아담이 자신의 눈을 가리켰다.

"먼지가 이렇게 만들었어. 그 안으로 날아가는 건 안 돼!"

"안으로 안 들어갈 거야. 통과해서 그 위로 갈 거야."

내가 약속했다.

나는 장화로 레오의 옆구리를 쳤다.

"날아."

내가 명령하자 레오는 공중으로 훌쩍 뛰었다. 우리는 잠시 차디찬 하얀 공중에 움직이지 않고 떠 있었다. 그러고 나서 레오가 아래로 훅 떨어졌다. 추진력을 붙이기 위한 것 같았다.

"위로. 가능한 빨리 통과하자."

'통과할 수 있는 방법이 있다면 말이야.' 라고 속으로 생각했다.

레오가 하늘로 쑥 날아올랐다. 아담과 덴버가 나를 지켜보고 있는 동굴을 지나고, 산의 정상을 향해서. 눈 때문에 얼굴이 따끔거렸다. 추위 때문에 살이 에이는 듯 아팠다. 날카로운 얼음 조각들은 볼로 떨어졌다.

마지막으로 몹시 추운 바람이 한번 휘몰아치고 나자 우리는 눈구름 위에 있었다. 한 번도 올라와 보지 못한 높이였다. 멀리까지 짙은 갈색 먼지가 뭉게뭉게 뻗쳐 있었다. 그 속으로 군데군데 반짝이는 게 설핏 보였다. 그리고 그 불길한 노란색도 언뜻 보였다.

"저걸 통과해야 해. 아프고 끔찍해. 마음이 공허해지고 화가 날 거야. 하지만 나는 저 위에 뭔가가 있다고 믿어."

결심한 듯 레오가 날개를 힘차게 펄럭였다. 또 한 번 더. 그러고 나서 날개로 내 다리를 꽉 눌러서 잡고는 위로 확 솟구쳤다.

먼지가 가까이 다가왔다. 나는 레오를 꽉 잡았다. 눈을 감고 이를 악물었다. 별안간 우리는 먼지의 암흑천지로 들어왔다. 피부로 먼지의 열기가 느껴졌다. 내 가슴, 내 몸의 중앙에서 점점 커지는 비명 같은 것이 느껴졌다. 격렬한 분노가 화와 좌절감에 휩싸인 비명이 되어 나왔다. 끔찍한 장면이 머릿속에서 펼쳐졌다.

나를 쫓는 괴수들. 눈동자가 물든 채 땅을 파는 남자아이들. 주먹에 피가 날 때까지 바닥을 닦는 여자아이들. 하늘을 나느라 피곤한 말들. 말들이 날아갈 때 자신을 꽉 끌어안는 이기. 가슴에서 목소리가 훨

훨 날아가 버리는 우리 아빠. 자신이 망가질 만큼 걱정하는 우리 엄마.

레오가 힝힝거리며 먼지 속에서 맴맴 돌았다. 먼지에서 빠져나가서 올라가려고 했다. 레오는 어둠 때문에 당황하고 있었다. 레오에게 소리치고 싶었다. 그래야 했지만 입 밖으로 말이 나오지 않았다.

이걸 뚫고 가야 한다. 하지만 가슴 한편에서, 그것도 큰 소리로, 그럴 수 있는 방법이 없다고 했다. 이제 이게 우리의 일상이야.

덴버. 덴버는 늘 도망 다녀야 할 거다. 덴버, 탄광에서 올라오기. 영웅처럼 덴버를 편평한 땅으로 밀어 주기. 잠자리에서 듣는 이야기들. 모험들과 학교까지 걷기. 나무에 오르기. 배가 아플 때까지 웃기. 먼지는 우리의 웃음을 앗아가지 않았다. 엄마와 아빠. 매브 할머니. 콜탑 학교의 친구들. 이기. 아담.

눈물로 얼굴이 뜨거워졌다. 먼지로 눈앞이 흐려졌다.

"올라가."

내가 조그맣게 말했다. 할 수 있는 말이 그것밖에 없었다.

레오가 하늘 위로 치솟았다. 먼지의 무게가 너무 무거워져서 숨이 막힐 것 같은 때였다. 떨어지는 별처럼 땅으로 곤두박질칠 것만 같은 바로 그 순간에 갑자기 확 자유로워졌다.

깜깜한 밤의 상쾌한 공기로 풀려났다. 나는 눈을 뜨고 별을 봤다.

22장

별빛 직조자

차갑고 별이 빛나는 밤 풍경만 아름다운 게 아니었다. 이런 고요함도 내가 들어본 가장 아름다운 소리 중의 하나였다. 새하얀 겨울 아침의 소리였고 '나는 너를 사랑해.' 라고 말할 때 그 단어들 사이에 잠깐 멈춘 순간이었다. 평화가 바로 이 소리였다. 완벽한 평화로움. 내가 별들을 보는 사이, 레오가 부드럽게 먼지 위로 올라갔다.

별빛은 결코 꺼진 적이 없었다. 여전히 여기에 있었다. 반짝이면서.

수천 개의 별들이 모두 다른 색이었다. 뭐라고 우리가 이름을 붙이지도 못한 색들이었다. 수년 전에 직조자들에게 했던 것과 꼭 같이, 별들이 나를 불러서 내 입에서 노래를 끄집어내는 것 같은 느낌이었다.

산 소녀야, 고개를 들어 보렴,

별들이 너를 위해 밝게 빛난단다.

손을 뻗어 은색 가닥을 잡아.

모두가 볼 수 있게 아름답게 땋으렴.

내가 노래를 부르자 별들이 늘어나기 시작했다. 마치 꼬리를 가진 것 같았다. '연 같아.'라고 생각했다. 내 가슴이 자석이기라도 한 듯, 내가 더 위쪽으로, 더 별들 쪽으로 끌려가는 것 같았다. 나는 이 별빛을 잡으려고 손을 뻗었다.

그리고 내가 노래를 부르자 별들이 내게 뻗쳐 왔다. 은색의 별빛이 촛농처럼 낮게 축 늘어졌다. 갑자기 내가 만질 수 있을 만큼 낮아졌다.

숨이 막혔다. 손가락이 떨렸다. 별빛을 손으로 잡으면 델까? 아니었다. 손가락으로 별빛을 감싸 쥐니까, 소망처럼 시원하고 소리 내어 말한 꿈처럼 특별했다.

나는 고삐를 놓고 노란색 빛줄기를 향해 손을 뻗었다. 그리고 파란색 빛줄기도. 그 둘을 함께 땋으니 내 머리칼처럼 초록색이 됐다. 금속처럼 은은하게 빛나는 색이 됐다. 이제는 손을 뻗는 것을 멈출 수가 없었다. 뭔가를 만드는 것을 멈출 수가 없었다.

빛을 구부려서 모양을 만들고, 땋고 하는 것들은 처음 해 보았지만 자연스러웠다. 하늘을 나는 말을 타는 것처럼 자연스러웠다. 나는 콧노래를 부르며, 땋은 별빛이 다시 느슨하게 풀리도록 잡아당겼다. 그리고 나서 반투명한 하얀색 빛줄기로 날개를 만들었다. 끝을 뾰족하게 하고 무늬를 넣은 날개를 내 어깨에 둘러보았다.

무언가에 받혀서 위로 붕 뜨는 기분이 들었다. 이제까지 있던 등의 통증도 별로 느껴지지 않았다. 빛이 나를 감싸 안았다. 수년 전에 사람들이 별로 짠 망토를 어깨에 둘렀을 때 이런 기분을 느꼈을 것이다. 별빛으로 된 책을 손에 들면 그랬을 것이다. 마치 별빛이 사람들의 가장 좋은 것을 표면으로 끄집어내는 것 같았다. 별로 만든 것을 입으면 고개를 숙이고 아래를 보기가 어려웠다.

나는 내 팔에 빛을 감아서 레오의 등에 늘어뜨려 주었다. 레오가 날고 싶어서 근육이 긴장하는 게 느껴졌다.

"알겠어. 가!"

레오가 뭘 할 건지 확신하지 못한 채 내가 조그맣게 말했다.

레오가 공중을 강아지처럼 장난스럽게 뛰어다니자 우리 주변으로 온통 별 실이 떨어졌다. 돌아가면 이런 광경을 볼 수는 없을 것이다. 애초에 먼지가 이곳에 없었더라면 좋았겠지만, 그래도 먼지를 뚫고 온 것은 가치 있는 일이었다. 나는 별빛 직조자다. 처음부터 그랬다.

"우리가 사람들에게 알려 줘야 해."

내 밑에 있는 먼지를 내려다보며 레오에게 말했다. 회색인 먼지에 장식 스티치처럼 보일 듯 말 듯 엮여 있는 노란색이 여기서도 보였다.

"빛이 사라지지 않았다는 걸 말해야 해. 여기 있다고."

동굴로 돌아가려는데, 뭔가가 보였다. 먼지 속에 있는 작은 알갱이들이 지문처럼 모양을 만들고 있었다. 알갱이는 이상한 광택이 났고,

잘 안 보이긴 했지만 빙빙 돌고 있었다. 먼지 전체가 어떤 중심점을 향해 아주 천천히 소용돌이쳤다. 그쪽으로 날아가면서, 보지 않고도 그 중심점이 어디인지 알 수 있었다. 산 탄광이었다.

"우리가 다시 바로잡을 수 있어."

나는 다리에 힘을 주고 고삐를 당겨서 동굴로 돌아가기 위해서 방향을 틀었다. 먼지를 뚫고 아담과 덴버에게로 돌아가자면 아플 것이다. 하지만 이제는 내 팔에 별빛이 있다. 그리고 계획도 있다.

23장

칼싸움

다음 날 아침, 잉크와 민들레를 뭉개서 섞어 놓은 것 같은 색의 먼지 위에서 해가 떴다. 수년 동안 우리가 알았던 유일한 아름다움이었다. 지난밤 우리는 동굴에서 계획을 세웠다. 덴버는 아담과 같이 계곡으로 가서 탄광에 있는 남자아이들과 도시로 가는 여자아이들에게 무슨 일이 일어나고 있는지를 알리는 일을 맡았다. 그리고 나는 서쪽 숲, 이기의 마구간으로 날아갔다.

나와 레오를 보자 이기의 눈이 커다래졌다. 오늘은 눈에 띄지 않도록 조심하면서 나무 사이로 낮게 날았다. 이기가 말했다.

“여기 있으면 안 돼! 엄청난 소란을 일으켰잖아. 모티머는 엄청 화가 났어. 수호자들도 마찬가지고. 모티머가 오늘 밤 콜탑 승강장에 마을 회의를 소집했어. 너에 대해서 안 좋게 말할 거야, 몰리. 너도 알지? 사람들은 수호자들이 말하는 걸 다 믿을 거야.”

내가 말했다.

"나와 같이 가자. 내가 진실을 말하게 도와줘."

이기가 입술을 깨물었다.

"그러고 싶은데, 아빠와 프레드가……."

이기의 목소리가 슬픈 탄식으로 잦아들었다.

"모티머는 너한테 절대로 아빠와 프레드를 돌려주지 않을 거야. 너도 마음속 깊은 곳에서는 이미 알고 있잖아. 여기서 일하게 할 이유를 끊임없이 찾아낼 거야. 그 사람이 거짓말하고 있다는 걸 증명할 수 있어. 사람들은 알게 될 거야. 너도 거기 있었으면 좋겠어."

이기가 주먹을 쥐고 고개를 딱 한 번 끄덕였다.

"그래, 좋아. 그게 더 낫고 더 용감한 선택이니까 나도 할게."

이기를 안장에 앉게 하고 나는 이기의 뒤쪽에 올라탔다. 레오는 우듬지 사이로 낮게 날아서 콜탑 승강장으로 갔다. 산에 땅거미가 내려앉고 있었다. 길가와 건물에는 횃불과 전등불이 켜져 있었다. 우리는 수호자들과 함께 승강장 끝에서 사람들을 기다리고 있는 모티머를 훔쳐보았다.

"그래도 얼마나 많은 수호자들이 와 있는지 봐 봐. 네가 좀 겁이 나긴 하나 보다, 몰리 소녀. 안 그랬으면 저렇게 많이 데려오진 않았을 거야."

이기의 말이 동굴에서 발견했던 작은 빛처럼 내게 약간의 자신감을 불어넣어 주었다. 이제 다음 단계로 갈 용기가 충분했다.

"착지."

내가 레오에게 조그맣게 말했다. 그리고 내가 일을 마치고 숨을 고르기 위해서 쉬어 가던 모퉁이로 조용히 말을 몰았다. 모티머는 좀 더 승강장 아래쪽에서 마을 사람들이 오기를 기다리고 있었다. 그들은 지금 당장이라도 이곳으로 올 수 있었다.

"이제 뭐 해?"

이기가 물었다.

"사람들이 올 때까지 기다렸다가 사람들한테 말하는 거야."

내가 말했다.

"아, 그러셔?"

내 뒤에서 아너의 명랑한 목소리가 들렸다.

"산적이랑 산적의 충직한 버섯이 여기서 연설을 하러 오셨다고? 듣고 싶어 죽겠네."

이기가 먼저 아너 쪽을 돌아보고는 바로 뒤로 물러섰다. 왜 그런지 아너를 보고서야 알았다. 아너가 칼을 내게 겨누고 있었다.

"내가 너를 잡았다고 발표하면 사람들이 얼마나 행복해할지 생각해 봐. 그러면 내가 영웅이 되는 거지."

오늘은 아너를 상대해 줄 시간이 없다. 전에도 그럴 시간은 전혀 없었지만. 나는 머리 위쪽에 매달려 있는 먼지투성이 종이 장미를 매단 격자무늬 벽걸이를 흘깃 쳐다봤다. 거기 있는 정사각형의 격자판은 크기가 컸다. 아너의 어깨 위에 떨어지면 딱 맞을 만큼. 나는 슬쩍 움직여서 재빨리 아너를 돌아 벽걸이에 달려 있는 줄을 잡으려고 뛰었다. 아너가 내 앞으로 달려들어 길을 막았다.

하지만 나는 아너의 뒤로 몸을 확 돌려서 건물 한쪽에 기대어 있는 빗자루를 향해 폴짝 뛰었다. 아너가 막 칼을 공중으로 들어 올리는데, 내가 빗자루를 쥐고 아너 쪽으로 돌아섰다. 칼날이 내 빗자루에 길게 자국을 냈지만 부러지진 않았다. 내 머리의 초록 가닥이 얼굴로 흘러내렸고, 아너의 눈을 보니 좀 놀란 것 같았다. 칼만 있다 뿐이지 연습은 통 안 했으니.

아너의 칼이 빗자루의 손잡이에 박혀 있는 동안 나는 장화를 들어서 아너의 가슴팍을 힘껏 찼다.

아너가 넘어지면서 으르렁댔지만 재빨리 일어났다. 아너의 목에 핏발이 섰다. 칼날을 손에 쥐고 휘둘렀다. 금속의 푸르스름한 빛을 보니 밤에 보는 동물의 눈이 생각났다.

"잘한다, 몰리! 때려눕혀 버려!"

이기는 자기가 싸우는 사람인 양 허공에 주먹질을 마구 해대며 내 뒤에서 폴짝폴짝 뛰었다. 이기를 아주 잠깐 쳐다봤는데 그만 집중력이 흐트러져 버렸다.

경고도 없이 아너가 돌았고, 내가 미처 준비도 하기 전에 아너의 칼이 내 빗자루와 부딪혔다. 또다시 빗자루에 가로선이 쫙 생겼지만, 이번에는 조잡한 빗자루에서 우지끈 소리가 났다. 나는 빗자루를 휘두르며 나를 공격하는 칼에 맞지 않으려고 정신없이 몸부림쳤다. 아치

형으로 휘어진 아너의 칼 아래 몸을 수그리고 있다가 몸을 빙글 돌려 아너 앞에 섰다.

이제는 아너가 나를 향해 마구 팔다리를 놀렸고, 나는 아너를 내가 원하는 격자무늬 벽걸이 바로 아래로 데리고 왔다. 내가 빗자루로 아너의 칼을 내려치며 휘감자 칼이 땅바닥으로 나뒹굴었다. 아너의 놀란 표정이 얼굴에 서리기도 전에, 나는 내 빗자루를 집어던지고 아너의 칼을 집어 격자 벽걸이를 지탱하고 있던 밧줄을 향해 휘둘렀다. 격자 벽걸이는 딱 내가 상상한 대로 아너의 주변으로 떨어졌다. 아너 텀브럴은 썩은 판자와 종이꽃에 갇힌 꼴이 됐다.

갑자기 세상이 뒤집힐 듯한 천둥 같은 소리에 땅이 울리기 시작했다.

아너가 멍하니 고개를 저었다.

"이게 무슨 소리야?"

"우와."

이기가 조그맣게 말하며 내 옆으로 와서 섰다. 이기가 멀리 내다보면서 자그마한 손으로 내 손목을 꼭 잡았다.

"군대야. 나의 군대."

내가 아너에게 말했다.

24장

깨져 마땅한 규칙

수백 명의 아이들, 탄광에서 온 남자아이들과 산과 계곡에서 온 여자아이들이 아담을 따라 숲에서 걸어 나오고 있었다.

모티머와 수호자들은 승강장 끝에 서 있다가 어리둥절한 표정으로 소리가 나는 곳으로 다가갔다.

이기와 나는 숨어 있던 곳에서 걸어 나왔다. 모티머가 나를 보더니 성큼성큼 걸어와서 우리는 승강장 중간에서 만났다. 이제는 나보다 그를 더 커 보이게 하는 무대도 없었다. 그냥 키만 더 클 뿐이었다.

"내 말 잘 들어라."

모티머는 목소리를 낮춰서 자신이 하는 말을 아무도 못 듣게 했다.

"나를 너를 좋아한단다, 몰리. 네가 실수하고 있다는 걸 알았으면 해. 이깟 어린애들로 나를 협박하려고? 우리가 속여 온 아이들을 설득하면 뭐가 변할 거 같아? 아무도 저 아이들 말에는 귀를 안 기울여. 아무도 네 말에 귀를 안 기울이듯이. 그간 네가 일한 게 오늘 모두 산산조각날 수 있단다. 너랑 나는 비슷한 구석이 있어. 너를 만난 순간에 알아봤지. 네 나이였을 때, 나도 호기심이 많았거든. 별빛을 능숙하게 조종하는 사람들이 있다면, 왜 나라고 다른 것을 조종하지 못하겠나 하는 생각을 했지."

내가 말했다.

"그래서 먼지를 만들었죠. 당신이 우리 주위에, 사방에 먼지 기둥을 만들었어요. 그리고 아무도 당신을 의심하지 않았죠."

"내가 말했을 텐데. 겁먹은 누군가를 따르게 하는 게 그리 어렵지 않다고. 공포는 좋은 거야. 사람들은 지도자가 필요하단다, 몰리. 사람들에겐 경계라는 게 필요하지."

"그래서 당신이 사람들에게 괴수를 보냈죠."

"내가 한도를 정해 줬지. 따를 만한 가치가 있는 규칙 말이야. 힘이 있다는 게 어떤 건지 가르쳐 주마. 내 조수가 될 수도 있을 거다."

이제 이건 내가 더 이상 짊어져야 할 선택이 아니었다.

"아뇨. 나는 당신을 따르지 않겠어요. 진실을 알게 되면 사람들도 그럴 거고요."

내가 휘파람을 불자 레오가 별빛으로 짠 담요를 등에 두른 채 땅으로 내려왔다. 그 광경에 놀라서 아이들이 승강장으로 몰려들었다. 아이들은 수호자와 일정한 간격을 유지한 채 서로 바짝 붙어 있었다.

내가 아이들에게 말했다.

"별들은 여전히 여기 있어. 먼지 바로 위에. 먼지는 저 사람이 말한 것처럼 우리를 죽이지 않아. 먼지를 뚫고 가면 다시 빛을 볼 수 있어. 우리 모두 함께 날면, 알게 될 거야."

"저 애 말을 들어서는 안 된다."

모티머가 내 뒤에서 앞으로 걸어 나오며 말했다.

"저 아이는 뭐가 뭔지 구분도 못하고 불안에 떠는 여자애일 뿐이다. 저 애 애비가 탄광을 엉망으로 만들어 놓은 다음엔……. 저 애도 잘 지내지 못했지."

"우리 누나는 하늘을 나는 몰리예요!"

자신의 말에 앉아 있던 덴버였다. 말이 어디서 왔는지 모르겠지만 이미 아주 편안해 보였다.

"누나 말을 들어요."

덴버의 말을 보고 놀라서 모두 수군거렸다. 그들 중 몇몇은 내 머리에 있는 초록색 가닥을 가리켰고, 레오의 날개를 가리켰다.

모티머가 경고했다.

"저 아이의 말을 따르면 너희들은 직업을 잃을 것이다, 너희들의 생계수단을. 왜 저 여자애를 믿어야 하지?"

내가 아이들에게 소리쳤다.

"저 사람이 먼지를 만들어! 그리고 먼지가 너희들을 슬프게 해. 화나게 하거나, 희망을 앗아가지. 먼지는 너희들이 사물을 보는 법을 흐리게 해. 빛을 되찾을 방법이 있어. 우리가 다시 가져올 수 있다고!"

나만 듣게 모티머가 낮게 속삭였다.

"이봐, 몰리. 내가 좀 더 재밌는 걸 보여 줄게. 별빛으로 옷감을 짠다니, 너무 구식에 지루한 마법이잖아. 내가 사람들이 숨 쉬는 공기에 감정을 짜 넣는 법을 가르쳐 줄게."

모티머가 나를 쳐다봤다. 하지만 나는 내 앞에 있는 석탄으로 얼룩진 얼굴들을 보고 있었다. 몇몇은 학교에서 알던 아이들이었지만, 대부분 한 번도 본 적 없는 아이들이었다. 우리는 모두 달랐다. 하지만 그 아이들의 눈빛만으로도 이것만큼은 똑같다는 것을 알았다. 우리는 우리에게 주어진 이야기보다 더 나은 이야기를 믿을 만큼 용감하다는 것을.

내가 아이들에게 말했다.

"눈을 감아. 너희들이 어렸을 때 들었던 이야기를 기억해. 최고보다 더 좋은 마법을 생각해. 말들을 상상해 봐. 말들이 너희들에게 오는 모습을 그려 봐."

그러자 말들이 하나씩 왔다.

내가 보지 못했던 스타버드들이 숲에서 걸어 나왔다. 아이들은 백일몽 안에서 걷고 있는 것처럼 미소를 지었다. 내가 소리쳤다.

"그걸 믿어! 크게 소리 내서 말할 필요 없어. 하지만 마음속으로 너희들이 너희 자신을 더 잘 알고 있다고 말해. 너희들은 저 사람이 정의한 그런 사람이 아냐. 저들이 한 이야기를 믿을 필요 없어!"

"그럴까?"

모티머의 목소리는 낮고 어두웠다.

"너희에게 주어진 이야기를 안 믿는다고? 어디 얼마나 용감한지 증명해 봐, 몰리."

쉬이이익. 스르르륵.

모티머 굿의 뒤쪽 숲에서 들려오는 소리에 행복하던 수다와 놀라움이 순식간에 묻혀 버렸다. 아이들의 무리에서 비명이 터져 나왔다. 말들이 발을 구르고 날개를 펄럭였다. 그러자 모티머가 활짝 웃었다. 그의 괴수들이 여기 있었다.

25장

먼지에서 먼지로

모티머 뒤에 있던 나무에서 갑자기 먼지 구름이 생겨나더니 비명이 들렸다. 나무 뒤에서 노란 눈이 굶주린 듯 환하게 빛났다. 눈은 땅보다 높이 있었다. 괴수가 이렇게까지 컸던 적은 없었다. 그저 먼지일 뿐이라는 걸 알지만, 나도 뒤로 물러섰다. 몸과 마음이 따로 노는 것 같았다. 진짜가 아닌 줄 알면서도, 여전히 몸이 덜덜 떨렸다.

기차 승강장은 아수라장이 되었다. 내 계획이 산산이 부서지기 시작했다. 모티머는 이 모든 게 자신의 재미를 위해 오른 공연이라도 되는 듯 팔짱을 끼고 지켜봤다.

나는 또 한 발자국 뒤로 물러서다가 레오와 부딪혔다. 레오는 내가 도망가지 못하게 했다. 레오는 나 혼자 싸우게 내버려 두지 않을 것이다. 괴수들이 나무에서 튀어나오자 나는 진정하려고 노력했다.

모티머가 '공기에 감정을 짜 넣는다' 고 했다. 정말 그렇게 할 수 있는 걸까? 그게 그 사람이 부리는 마법의 일부인 걸까? 우리가 두려워해서 괴수들이 커진 걸까?

괴수들이 너무 많았다. 늑대처럼 무리지어 있었고, 몇몇은 밤인데다가 그늘에 있어서 알아보기 힘들었다. 괴수들은 여기서도 냄새가 날 만큼 모두 두꺼운 먼지에 둘러싸여 있었다. 두꺼운 비늘로 덮여 있었다. 근육질의 다리에 긴 발톱이 달린 발이 붙어 있었다. 그리고 괴수들이 울부짖으면, 귀를 찢을 듯한 비명 소리가 났고 길고 날카로운 송곳니에서 먼지 방울이 뚝뚝 떨어졌다.

'저것들은 먼지야. 먼지 꼭두각시야.'

나와 산아이들 간의 거리가 점점 멀어졌다. 아이들이 뒤로 물러났다. 아이들의 말은 으르렁거리며 발을 굴렀다.

아수라장이었다. 날아서 벗어날 수 없는 끔찍한 폭풍우 속이었다.

그런데 그때 내 다른 쪽에서 작은 존재를 느꼈다. 이기 썸프였다.

나는 몸을 심하게 떨었지만, 이기는 거기서 눈을 반짝이고 있었다. 준비가 되어 있었다.

이기가 말했다.

"물러서면 안 돼. 얼굴에 대고 소리를 질러. 도망가지 말고."

나는 무서워서 눈물이 흘러내리는 걸 부끄러워하며 고개를 끄덕였다. 괴수 하나가 내 눈과 마주치자 내게 달려왔다.

비명을 지르고, 눈을 반짝이며, 긴 발톱을 드러내고.

괴수가 한 발자국 바로 앞으로 다가오자 나는 최대한 크게 소리를 질렀다. 평생 동안 내가 속으로 차곡차곡 쌓아 왔던 것들을 내지른 포효였다.

처음에 대면한 괴수에게 소리를 지르자, 그 괴수가 퍽 하고 번쩍이는 먼지를 날리며 터져 버렸다. 아담과 아담의 말이 또 다른 괴수의 정중앙으로 날아왔다. 그들은 먼지에 불과했지만 여전히 사납고 발톱도 날카로웠다. 괴수가 터지기 전에 발톱 하나가 아담의 얼굴을 할퀴자 아담이 움찔했다.

"무슨 일이야?"

그리어가 어른들을 데리고 오는 역할을 맡았는데, 하필이면 괴수들이 나타났을 때 어른들이 동시에 모습을 드러냈다.

우리 뒤에 있는 몇몇 어른이 우리가 하는 일을 알아차리고 우리를 도우러 달려들 거라고 생각했다. 그런데 아니었다.

"집에 가자!"

앞쪽에 서 있던 어린 여자아이의 엄마가 소리쳤다. 아이를 데리고 같이 도망가려고 했다. 하지만 그 아이는 잡히지 않았다. 매번 몸을 비틀어 빠져나왔다. 아이들은 떠나는 대신에 달려들었다.

학교에서 알던 여자아이들, 결국 나처럼 계곡으로 가야 했던 여자아이들이 소리를 지르면서 빗자루를 머리 높이 쳐들고 승강장 아래로 달려 내려갔다. 다 같이 거친 함성으로 괴수들을 물리쳤다. 얼마나 많은 아이들이 자신의 머리에 나처럼 초록색 가닥을 입혀 놓았던지. 나는 처음으로 그것을 알아봤다. 아담이 가리켰다.

"몰리! 봐!"

코너와 니코가 승강장으로 날아 들어왔고 그 뒤에는 우리 부모님이 있었다. 괴수가 내 얼굴을 할퀴기 전에 아주 잠시 부모님과 눈이 마주쳤다.

나는 휙 돌아서 만능 스냅으로 괴수의 코를 갈겨 줬다. 괴수는 울부짖으며 반짝거리는 먼지로 부풀었다가 사라졌다.

어떤 어른들은 이제 자기 아이들과 같이 괴수에 맞서 싸우고 있었다. 어떤 어른들은 말에게 손을 뻗고 있었다. 말을 토닥토닥 두드리고 말에 자신의 얼굴을 대고 비볐다.

"너희가 사라졌다고 했어."

나이 든 아주머니가 지치고 주름진 자신의 볼을 말의 옆구리에 대고 말했다. 저들은 우리에게 너무 많은 것을 말했고, 우리는 그들을 믿었다…….

어떤 생각이 퍼뜩 들었다. 나는 부모님에게로 달려가 내 손을 아빠의 가슴에 댔다. 내가 아빠에게 말했다.

"노래를 불러 봐요. 할 수 있다고 믿고 해 봐요. 저는 아빠가 목소리를 잃은 적이 없다고 생각해요. 수호자들이 아빠가 목소리를 잃었다고 믿게 한 거예요. 하지만 목소리는 여전히 거기 있어요. 거기 있다고 저는 믿어요."

엄마와 내가 기다리면서 아빠를 지켜봤다. 아빠는 눈을 질끈 감았다. 처음에는, 아빠가 입을 벌렸지만 아무 소리도 나오지 않았다. 하지만 그러고 나서는 꺽꺽거리는 소리가 났고, 그르릉거리는 소리가 났다. 그리고 노래가 나왔다.

산 소녀야, 고개를 들어 보렴,
별들이 너를 위해 밝게 빛난단다…….

잠시 동안 침묵이 우리를 둘러쌌다. 아빠를 보면서 엄마는 손으로 입을 막았다. 엄마와 나도 아빠와 같이 노래를 불렀다.

손을 뻗어 은색 가닥을 잡아.
모두가 볼 수 있게 아름답게 땋으렴.

우리가 노래를 부르자 하늘이 떨어져 내리기 시작했다.

26장

돌아온 별들

어쩌면 우리가 여기, 나란히 있어서일지도 모른다. 내 목소리가 다른 목소리와 섞이면서 훨씬 강해졌기 때문일지도 모른다. 우리는 이렇게 되게 정해져 있었다.

우리의 목소리는 하늘을 향해 올라갔다. 목소리가 합쳐지고 섞여서 먼지를 밀어붙이자 신기하고도 놀라운 마법이 일어났다.

더 많은 괴수들이 우리를 둘러쌌지만 그들은 먼지였다. 그들이 할 수 있는 것은 울부짖는 것뿐이었다. 어쩌면 무는 것 정도는 할 수 있었을지도 모르겠다. 그들은 티모르 가루로 만들어낸 싸구려 가짜 마법이었다. 끔찍한 사람의 생각에서 나온 속임수였다.

우리가 노래를 부를수록, 모티머 굿이 더 겁을 내기 시작했다.

빛이 먼지를 가로질러 지그재그로 선을 그리며 나타났다. 빛은 작은 물줄기였다가 강이 되었다. 점점 더 금이 가면서 먼지는 눈부시게 아름답고 시원한 달빛에게 그 자리를 내주었다.

모티머는 마구 소리를 지르며 수호자들을 불렀다. 그들은 정신없이 땅에다 티모르 가루를 한 옴큼씩 던져서 새로운 괴수를 만들었고, 우리 주변을 맴돌도록 보냈다. 괴수들이 우리의 얼굴에 대고 으르렁거렸다.

괴수들이 이빨을 드러내고 자신을 둘러싸자 그리어는 무서워서 눈물을 글썽였다. 하지만 그리어는 눈을 감고 다른 장소에 있는 것처럼 어떻게든 노래를 불렀다.

계곡에서 온 여자아이들은 탄광에서 온 남자아이들에게 괴수를 물리치는 방법을 가르쳐 줬다. 우리는 노래로 싸웠다. 달아나는 대신 우리는 괴수들에게 달려들었다. 어떤 괴수들은 흩어져 버리거나 펑하고 터져 버렸다. 어떤 것들은 꼭두각시처럼 축 처져서 스러졌다.

"먼지가 사람들을 짓누를 거야."

먼지 조각들이 빠르게 우리 근처로 떨어지자, 모티머가 중얼거리는 소리가 들렸다. 하지만 말들은 먼지에 짓눌리지 않을 것이다. 말들이 사람들 사이를 달리며, 그들의 거대한 날개로 떨어지는 먼지로부터 가족들을 보호해 줬다.

사람들 눈에 생생하게 서렸던 두려움은 더 생생한 어떤 것으로 바뀌고 있었다. 희망이었다.

레오가 흥분해서 힝힝거리며 뒷다리로 서서 공중에서 발을 굴렀다. 우리 위의 먼지는 여기저기 구멍이 나서 퍼즐처럼 보였다.

우리가 노래를 부르자, 먼지 속에 크게 갈라진 구멍으로 별빛이 내려앉았다. 우리에게 뻗는 끈이었고 막대였다. 우리도 그들에게 손을 뻗었다. 전에 우리 부모님이 했던 대로. 우리는 별빛을 담요처럼 어깨에 둘렀다. 망토처럼 어깨에 둘렀다. 달이 얼굴을 전부 드러내고 우리를 바라보며 빛나는 밤은 아름다웠다. 하늘에는 빛이 가득했고, 우리 어깨에는 별들이 있었다.

'이제 우리가 빛나고 있어.' 라고 생각했다. 진실과 불꽃의 산의 불꽃보다 더 밝게. 멀리서도 우리의 빛이 보일 거다.

"몰리."

엄마가 내 뒤에서 말했다. 풀어 내린 엄마의 머리가 구불구불 물결쳤다. 엄마가 머리를 푼 걸 본 적이 있나 모르겠다. 엄마는 늘 일어나자마자 머리를 틀어 올렸다. 지금은 긴 머리를 풀었는데, 내 머리색처럼 선명한 진녹색의 가닥이 오랫동안 숨겨져 있었다는 걸 알 수 있었다. 내가 물었다.

"엄마가…… 직조자였어요?"

매브 할머니가 우리가 서 있는 곳으로 종종걸음을 치며 왔다.

"최고의 직조자였단다, 몰리 소녀야. 진정한 산의 영웅이었지!"

엄마가 고개를 저었다.

"영웅이긴요. 엄마는 저들이 말하는 걸 믿었어. 별들이 사라져 버렸다고 생각했어. 말들도 떠나 버렸고. 가슴속에서는 알고 있었던 것 같지만, 내가 들은 대로 행동했단다. 내 가슴이 하는 말을 믿었더라면…….”

나는 내 팔을 엄마의 허리에 두르고 꼭 껴안았다. 왜냐하면 후회는 먼지와 같은 것이기 때문이다. 그저 우리를 짓누르기만 해서 우리 앞에 놓인 좋은 것들을 못 보게 하기 때문이다. 내가 말했다.

“우리가 방법을 찾았잖아요.”

모아온 별빛을 오두막 바닥에 쌓아 두고 별빛으로 수많은 아름다운 것들을 잣고 있는 엄마의 모습이 내 가슴속에 자리 잡았다. 어쩌면 그래서 내게는 우리 오두막이 늘 환한 곳처럼 느껴졌는지도 모른다. 엄마의 눈에서 늘 은하수를 보았다.

우리를 포위하고 있던 괴수들이 모두 바스러졌다. 그들은 노란색 먼지 더미로 주저앉았다.

“모티머 굿이 사라졌어!”

누군가 소리쳤다.

“찾아야 해.”

아담이 나를 봤다.

“다른 데 가서 또 이러면 어떡해?”

“안 그럴 거야.”

내가 말했다. 내 꿈에서 이미 봤기 때문이다. 꿈에 의하면, 우리는 잊힌 산의 경계를 넘어서 다른 곳도 갔다. 모티머 굿이나 수호자가 거기까지 오게 되면 우리는 그들을 찾아내서 다시 쫓아낼 수 있었다. 우리는 하늘에서, 말들의 등에서 그 땅을 지켜 낼 것이었다.

이곳 땅에서 보는 전망도 그렇게 나쁘지 않았다. 내가 올랐던 산이 모두 보였다. 들어 보지도 못한, 더 많은 산들도 보였다. 세상은 밝게 빛났고, 거대했으며 우리 모두를 부르고 있었다. 세상이 우리에게 날라고 애원했다. 세상이 우리에게 오르라고 충동질했다.

말들이 기뻐서 껑충거리며 뛰어다녔다. 이제는 예전에 보지 못했던 스타버드들이 승강장에 새로 도착하는 아이들을 만나러 사람들 사이를 뛰어다녔다.

아담이 마침내 버섯 모자를 내던져 버린 이기를 팔꿈치로 쿡 찔렀다. 갈기에 분홍색 가닥을 가진 조그만 망아지 한 마리가 이기를 만나러 사람들을 헤치고 빠르게 걸어왔다. 이기는 프레드의 이름을 말하지 않았다. 말할 필요가 없었다. 이기가 프레드를 안았다. 이기의 조그만 얼굴에 눈물이 흘러내렸다. 이번에는 이기의 아빠가 하늘을 나는 스타버드처럼 팔을 활짝 벌린 채 이기 쪽으로 달려왔다.

아담이 나를 쳐다보고 그 다음엔 이기를 쳐다봤다.

"이 모든 신입들에게 우리가 나는 걸 가르쳐 주는 거 어때?"

이기가 몹시 다정하게 프레드를 안고 있었다. 다시는 떠나보내지 않겠다는 듯이. 그리고 말했다.

"지금은 경치가 끝내줄 거야. 먼지가 다 사라졌으니까."

그래서 우리는 말 등에 올라탔다. 우리는 다 같이 숲으로 달렸다.

그리고 위로 솟아 우리가 이제껏 보았던 밤들 중에서 가장 밝은 밤으로 날아올랐다.

내 양쪽으로 멀리까지, 이제 막 하늘로 날아오른 기수와 말들이 보였다. 별들도 이곳 어딘가에 있을 거라고 생각했다. 우리가 별들을 보지 못할 때에도.

우리는 이 산의 왕이고 여왕이었다.

에필로그

진실은 이렇다.

수년 전, '잊힌 산' 이라는 곳에 살던 사람들은 슬픈 이야기만 했다. 하지만 시간이 지나면서 이야기가 바뀌었다. 사람들도 바뀌었다. 이제 그 산은 또다시 '빛나는 산' 이라고 불리고, 그곳에 사는 사람들은 하늘에서 기적을 짠다. 이제 산에 사는 사람들은 더 좋은 이야기들을 한다. 그 사람들이 가장 좋아하는 이야기는 이렇게 시작한다.

어떤 여자아이들은 별에게 소원만 빌지. 그런데 옛날에, 이 산에는, 별에게로 날아갈 만큼 용감한 어떤 여자아이가 살았대.

독자들에게

새 소설 『분홍달』을 여러분과 나누게 돼서 무척 설렙니다. 늘 그렇듯이 조금 긴장되기도 해요. 여러 가지 이유에서 이 소설은 제게 무척 소중하답니다. 여러분이 들고 있는 이 책은 제가 학교를 방문했을 때 만난 독자 덕분에 책의 모양을 갖추게 되었어요. 그 아이가 손을 들고 "말이 나오는 소설을 써주세요."라고 요청했거든요. 정말이지 꽤 괜찮은 제안 같았어요. 저도 오랫동안 말 이야기를 가슴에 품고 있었거든요. 아주 오랫동안요.

이 소설은 어떤 기억에서 나온 것이기도 합니다. 제가 어렸을 때, 아빠는 매년 저를 지역 축제에 데리고 가셨어요. 제가 회전목마를 아주 좋아했기 때문이었죠. 아빠가 흙먼지와 진흙탕 사이로 제 휠체어를 밀면서 줄 서서 기다렸던 어느 해가 생생하게 기억납니다. 제 차례가 되자 축제 관계자가 제 휠체어를 보더니 아빠에게 물었죠. "이 애가 탈 수 있겠어요?" 아빠는 내가 회전목마 타기 선수(정확하게 이 단어는 아니었지만)라고 장담했어요. 물론, 아빠가 제 곁에 서 있었지요. 아이들에게 용기를 주기 위해서 많은 부모님이 그러는 것처럼 말이에요. 하지만 저는 빙글빙글 도는 동안에 느꼈던 독립된 기분이 무척 좋았어요. 상상 속에서, 저는 날았답니다.

저는 태어날 때부터 골형성부전증을 앓아서 부러진 뼈와 휠체어, 수술, 물리치료가 저의 일상이었어요. (지금도 어느 때라도 다시 그게 제 일상이 될 수 있어요.) 우리 부모님은 일찍이 제가 할 수 없는 것들이 있다는 것을 말해 줬어요. 하지만 할 수 있는 것들이 훨씬 더 많으니까 걱정하지 말라고도 하셨죠. 저는 다르게 행동하긴 했지만요. 그게 새로운 길을 찾는 것이라고 해도 말이에요. 몰리와 저는 똑같은 신체 장애를 갖고 있지는 않지만, 우리에게는 몇 가지 중요한 공통점이 있어요. 우리 둘 다 인간의 신체는 경이롭고, 모든 신체가 다 다르다는 것을 배워가고 있다는 거예요. 그리고 우리 각자의 방식대로, 하늘을 날고 싶다는 깊은 소망을 가지고 있다는 거죠.

그러니까 이 말은 굳이 하지 않아도 다 알 거예요. 저는 여러분이 별을 빛내기 위해 태어났다고 믿는다는 것을요. 지금 모습 그대로요. 어린 독자들, 그리고 마음은 늘 아이와 같은 독자들을 위해서 책을 쓰는 일이 제겐 영광이고 즐거움이에요. 친구들, 안장에 올라요. 그리고 몰리와 함께 신나게 모험을 즐기세요. 하늘에서 만나요.

내털리 로이드

분홍달

초판 인쇄 2020년 3월 18일 **초판 발행** 2020년 3월 18일

지은이 내털리 로이드 **옮긴이** 이은숙

펴낸이 남영하

편집 이신아 장미연 **디자인** 신진하 **마케팅** 이성수

종이 세종페이퍼 **인쇄·제본** 더블비

펴낸곳 ㈜씨드북 **등록** 제2012-000402호

주소 03149 서울시 종로구 인사동7길 33 남도빌딩 3F

전화 02) 739-1666 **팩스** 0303) 0947-4884

홈페이지 www.seedbook.co.kr **전자우편** seedbook009@naver.com

인스타그램 instagram.com/seedbook_publisher

페이스북 facebook.com/seedbook.kr

ISBN 979-11-6051-313-4(43840)

책값은 뒤표지에 있습니다. 잘못 만들어진 책은 구입하신 서점에서 바꾸어 드립니다.

이 도서의 국립중앙도서관 출판예정도서목록(CIP)은 서지정보유통지원시스템 홈페이지(http://seoji.nl.go.kr)와 국가자료공동목록시스템(http://www.nl.go.kr/kolisnet)에서 이용하실 수 있습니다.
(CIP제어번호:CIP2020009127)